稲木信夫詩集

Inaki Nobuo

新・日本現代詩文庫

143

土曜美術社出版販売

新・日本現代詩文庫　143　稲木信夫詩集　目次

詩篇

詩集『きょうのたたかいが』（一九六六年）全篇

詩篇

詩集『きょうのたたかいが』（一九六六年）全篇

竹の悲しみ

町には、すこしちがった正月気分が漂って、狭い裏道も、表通りの店の前も、パチンコ屋も、暖かい人で波うっていましたが、薄い粉雪でほのかに着飾った部落のなかは、ほんとうにのんびりとしていました。ほの暖かく照る陽の下の、それでも肌をさすような冷たい北風が感じられる所では、子供たちが綿入れを着てぶくぶくになりながら、太く青空に突き立ったもうそう竹の間を、鬼ごっこしているのが、静寂さを思わせて仕様がない程でありました。男の子も、女の子も、白い大きな息を思い切り吐き出して、げらげら笑いながら走って、倒れて、そして、跳ね起きるのです。私は、私が道の真ん中に、つっ立っているのだということさえ忘れて、しばらく子供たちを見つめていました。

私がほんとうにまだ無邪気だった、小学校も三年生の頃だったと思います。当時はなんの災害も受けていない福井市の、中程に位する町で、大通りから奥に入った所に、他に二軒の家と相い向かいになって、私の家がありました。家のうしろには、他家の真っ黒な高い木塀があって、そのはし、すなわち、私の家の右側には、竹藪がつづいていました。何畳だったか忘れましたが、二階の部屋の、小さな窓から、竹にとび付くことさえできました。そして竹藪の向こうは、うって変わった様ざまの木立ちでした。どんぐりの木もありました。

どんぐり　ころころ転がって　お池に　はま

って
　私たちは歌いながら、褐色の堅いどんぐりの実を、ちょうど、その木の下辺りにあった池の中へ、力一ぱい、ぶち込んだりしました。それらの木や竹の枝かげには、澄んだ小川が瀬音をたてていました。小高い丘みたいな場所もあって、毎年、冬になれば、そりをすべらせたものでした。そしてそのもうひとつ向こうには、外へ向かってたくさんの家が建ち並んでいました。

　同級生の武ちゃんは、ひじょうに木登りが上手でした。武ちゃんは、お菓子屋の息子で、店先のその薄暗い、棚にいくつかの大きなグリコの缶の並んだ下の、黒光りする床板の上で、赤ん坊の弟が、自分の糞を手でつかんで、むしゃむしゃしていたのを、

「馬鹿たれっ。そんなもん、食ったら、死んでしまうがなっ。馬鹿。」

　そういって泣かせていたのを、私は覚えています。彼が、どんな木でも、わけなく、するすると、まったくするすると登って、私たちをくやしがらせ、また不思議がらせたこと自体が、しかし今思えば、不思議でなりません。サルと仇名をつけて呼んでいましたが、ほんとうにそうでした。どんなにしても、彼には勝てませんでした。まして、竹登りもそうでした。細くなった竹の先までも上って、竹を、大きくゆんさゆんさと、ゆすぶらせます。

「わい――、飛行機にのってるみたいだぞ。」

「サル。もういい、危ないぞう。下りてこいや。落ちたって知らんぞ。」

「何いうんだ。上ってみい。わしゃらの学校の日の丸が見えるんだぞ。」

「馬鹿、知らんぞ、――」

なんといってもきかん坊の彼でした。彼には、やっぱり、木登りの天分みたいなものがあったのかも知れません。私たちには恐ろしい程でした。

春日和りの日の午後でした。私は、下の部屋の、竹藪に面した広い格子の窓ごしに陽がさして、畳に縞をつくっている中で、窓に背を向けて、ときどき歌いながら、クレヨンを動かしておりました。私のクレヨンを握った手が、びくっと後もどりした程、すごく恐ろしい短い声が、藪の中でこだましました。瞬間的に、格子窓を通して外をみました。見えるものは無表情に突っ立っている竹の群れでした。外へとびでて見に行こうかと思いましたが、高鳴る胸を押さえ、じっと、また半分できあがりの絵にむかいました。間もなく、その方へ走っていく人びとの足音が、強く、大きなバス音のように、あわただしく、胸を打ってきました。

いよいよ恐ろしくなった私は、身を震わせて、紙を破り、縁側にとびでて、きらきら輝く青空を力一ぱい目をあけて見つめました。そして、その大きな目の中に、真青な顔をした良ちゃんという友達の姿が、大きく現われたかと思うと、喉に引っかかったような声で、

「武ちゃん、木から落った。」と、ただひと言。

でも、その時には、私は、もはや私を忘れて、縁側から外にとびでていました。

林の中に、大きな古く枯れた藤の木が一本、そのぐねぐねした姿で、一段高く天に連らなっていました。事件は、武ちゃんが、一番上まで登って、つるが折れ、下を静かに流れていた小川のごつごつした岩の上に、その背中を思い切り打って落ちたのです。私が道へとびでた時には、

「武、武、しっかりせや、死ぬんじゃねえぞ、武、武ちゃん。」

武ちゃんの年取ったおばさんが、血だるまの武ちゃんを、胸にしっかりだいて、泣きさけびながら、医者の方へ、走っていきました。それを、あたかも記録づけるかのように、おばさんの草履の足跡と、大きな、ぽっとりとした血の塊りが、点点とほこりっぽい土の上に、続きました。私は家に帰って、竹の、風でさわさわと鳴るのを、眺めていながら、悲しいものが込みあげてきて、仕方がありませんでした。

幸い命はとり止めました。けれども彼を徹底的に木登りから離したのは、福井市の空襲でした。空襲のあった翌朝、武ちゃんは、大通りの真ん中で焼け果てた丸太と同様な姿になって、ころがっていました。

冬 一

機場がひけ
あったかいみそ汁のふたをとるとき
母は黙っていた

くらしとはこんなものだ
飯粒のうえに
糸がくだかってみえる
舗装現場のかきよせる土が
かさなってみえる
母と父の眼はおしえてくれた

父母が茶碗をけりちらし
あらそっても

おいつめられた愛のたいあたり
みんな知っている
ほんとうに厭なのは卑屈の涙だと

冷たいからといって
水をほそくしてつかうんじゃない
熱い灰のうえでこそ
丸太も燃える
みんなが生きてきたのはここなのだ

遠い工場がまだ止まず
じゃがいもをかみながら
父も黙っている

ひとりの管捲き工

正午
機械がとまり
あなたは口にふくんだ糸くずを
わきの袋に吐きすてた

弁当の炭火を吹きながら
漬け物の干大根のことであろう
はやく冬がきすぎたと息をつく

風邪もひきやすい
陽がささず
まいあがる糸のちり
新しい機械にせかされる

ぐれた息子のゆくすえを思い
五十台の織機をみたしつつ
管捲く糸の切れるいらだちにたえている

いつか晴れた朝
胸うずかせ
ぼくが工場の入り口にはじめて立ったとき
はじめてであった人びと
あなたはふりむきもせず
唇をかんでとおりすぎた

くる日日
機械のなかでなかまといさかい
男に手をにぎられて
糸傷のたえぬ指をみつめて笑っていた

やがて
家で昼飯をとって人がもどってくる
あなたは昆布の佃煮をなすりつけ
湯気ごしに
柱時計をたしかめる

あなた
つきつめて胸にうけとめているあなた
世のにくしみをぼくはうたいたい

福井

ふたたびこの地へもどり

一家は空襲で焼けだされ
いなかのくらしが身にしみついてしまった

十年ぶりにみる福井放送局の二本の放送塔が
あかるくしろくかがやいている

たより

一カ月たって
ようやくこのごろ
こちらになれてきました
北の風がまっすぐに吹きあたる
電車の線路ぎわのアパートです

母親の仕事場もきまりました
臨時雇いで
しかも糸まわりがわるい時期で
しっかりかぞえねばならぬほどの日数ですが

父親は
失対の日雇い人夫になって五年
福井へきてようやく
あかるくなってきました

それにしても
寒い風で眼をほそめるところ
機場ののりのにおいはせず
たいへんな市の北のはずれです

歌おう

雪降りつづく夜
きみはアンカでやすんでいるか
半ぱな食事でからだが気づかわれるぼくの夜
きみは縫い針をうごかしているか

ふと眼にもうかぶ人びと
いつもよりくるしい年の暮れ
理髪の仕事に熱心な父親におびえるきみ
いたみにふれる　無力なぼくのおもい

会おう
かたりつくそう

やわらかい唇
見えがくれするとがった歯

会おう
かたりつくそう

泥にまみれた雪の県道をあるく夜

師走のうめきににて　きみよ　きみよ

遠くはなれてしまったぼくときみ
ゆがんだ歌がきこえてくる都会

鉄道自殺した老人に

くらい下水道の本管のなかで　ながれてくるごみをかきよせながら　毎日　あなたは地上の人の足音を聞いていた

たしかに　ひとは　労働の日日が　年の暮れにきわだって　おもおもしくなってくるのを
黙って　こらえていることができよう

だが　きょうは晴れてよろこぶ　冬のある日に
わが貧しさをこそつきとばす
はげしい人間のこころがあるものだ
どうして怒りを感ぜずにおられよう
自殺が信じられぬとつぶやくことすら恐ろしい

明け方のはやい雲をあおいで
ひとりかよった線路道に　あなたは
もう「情けない」とは涙せぬ
病みついた家族の眼もつむらない

いま
わたしは黙ってはならない
国鉄運賃をあげさせてはならない
米をも値あげさせてはならない
労働の日日のつみかさなるすえの
すべての重みを
忘れてはならない

堤防

休みの日に
足羽川の堤防を歩いた
ながい木橋をゆっくりわたった
雪がとけて光る
鉄橋ぎわに行った
河原づたいに
砂をはこぶ舟が今日もあった

鉄道沿線の工場街
石炭場を出入りする
構内トロッコにのる人たちがいた

ぼくは歩きながら
仕事のことを思った

国鉄運賃値上げ決定の日に

おまえとしたしくことばをかわされぬ
ぼくは待ち合い室でそっとあおう
つやのないあかい髪の毛の女の子
夕刊売りよ

風がふきあれ
夜もふけたので
売りいそがねばならぬ
おまえのことば

ひとり思いみる家の食事
野菜があがってどもならん　と母がいい
国鉄運賃一割三分値上げやと父がいう
あけた汁鍋をほうりやり
みじめなもんや　と母がもういちどいう

思いはおなじなのだ
はらだちはおなじなのだ
急ごう
なにものもつかれさせることはできない
ぼくたちのこのこころを

朝　一

つかれた思いをふりはらおうとする

仕事が耐えがたいので
つよい生き方をかんがえるのだ

ねむれぬはげしい雨あられの夜明け
ああ　ぼくはただ日日をおそれる

帰途

もやがたちこめる夜ふけの煤煙くさい線路ぎわを
　すぎて
ぼくは通りに出た

大雪のあとの雪のとけきらぬごみごみした歩道を
　急ぎながら
ぼくははてしなくせきばくを感じた

紙ぼこりにまみれて閉じこめられた仕事から解放
　されると
あのせせこましい
あのいらいらしたなかで育てようとする君との愛
　が
ぼくにはたまらなく広く感じるのだ

冬　二

あるひとつの顔が描かれる

涙があふれるとき
雪のふる
ひろい駅裏で

美しい笑みのある
ほてった顔が描かれる
眼は澄んでいる
脂ぎったあつい額が描かれる
吹雪がちらつく唇は
疳たかぶっている

腹だたしいのはぼくの心だ
いつまでも寒さがつづき
おもくみじかな
いらだつ歌をうたわせる
どうして
愛はくるしいものなのか

南明里町

女たちが日なたにむらがっている
足元に雪どけ水がながれていく
あたりの家には泥がはねほうだい
町うちではわすれられた
くろくかさかさした雪が
地面にちる

駅

入り口で

まずしいかっこうをした男があるいていて
ぼくは外にでてしまった
ひえびえする雨あがりの夕方

ガラス戸にそって
かれはひきずってあるいていた
顔をふせ
指をながめ
指をおりながら
ぼくのほうへやってきた

かれは
柱にかくれて
鞄をにぎっていたぼくの目のまえで
立ちどまり
ふりむいた

すそがきれた背広のしたに
むらさきいろになったシャツがたれさがっていた

通路で

ひとにつきあたりそうになりながら
奥ふかい通路を男たちのほうへちかよっていった

うつむいて
無表情な顔
ちぢれ髪
首すじになみうつしわ

ぬれたゴム合羽のかぎをはずそうとして
ゆさぶる男の手

夏がやってくる

待ち合い室で　一

顔をあげると、男はつかれきった眼ざしで、ぼくを見た。かれは、待ち合いのひとにうずまるなかで、腰かけて、新聞を読んでいた。

ひくひくゆすっている足と、つまさきのほそい黒靴が、土ぼこりでしろかった。からだにあわないズボンをはいていた。こわばったもののうえにおいた集金鞄のチャックが、鞄のふくらみでつったっていた。

ながいあいだ、ぼくはしわのふかい男の額を見つめた。白いワイシャツと新聞紙でてりかえす灯りで、うすい顎にかけてくぼんだ頬はくろずんだ皮膚のいろだった。男はときどき顔をあげてひとを見、顎に手をやった。

人びとはうごきだした。蒸気機関車の車輌の音がひびいてきた。男はしばらくうごかなかった。やがて立った。

待ち合い室で　二

柱のそばに立っている青年
そわそわして
まわりをなんどもみまわしている
紺いろの背広
チョコレートいろの靴
靴のつまさきをふく

そのくせ　かがとの泥には気がつかない

目もとにくろく頬の肉がもりあがっている青年
銘仙の松竹梅の風呂敷きの包みを片手にもってい
る
あおい斜めじまのネクタイが風でふかれている

待ち合い室で　三

背ガタカイ
マックロニ陽ヤケシタ顔ノ男ガ
待チ合イ室へ入ッテキタ

ミドリイロノビロードノシャツヲ着テイル
ヒカリノグアイデ
肩カラ背スジニカケテ

アカクヒカル

ツイタテノマンナカニキテ立チドマルト
マルメテモッテイタ『シュウカンジツワ』ノナカ
へ
首ノ手拭イヲトッテオシコメタ

男ノ作業ズボンハ
オオキナポケットガヒザノヘンニアッタ

男ハソコへ本ヲオシコンダカラ
コブミタイニフクランダ

ドッカリ
男ハ大股ヲヒロゲテ
ベンチニ腰カケタ

待ちくたびれたのか

バスに待ちくたびれたからなのか
それとも　しごとにつかれたからなのか

どうして君は
わけもなくまわりに気がうばわれると
いえるのか

心苦しいということか
ついぼんやりするということか

たいへんな俄か雨だ
どこもかしこも
軒下がひとでいっぱいになった
梅雨あけの雷だ

君の胸に
なにかが波うつのだろうか

バスに待ちくたびれたからなのか
しごとにつかれたからなのか
君はいつまでもえこじになって
柱にかくれて
だまっている

過去

じゅうさんねんがおもいものにかんずる
おさないぼくにはかなしいばかりできた
すめないようなところですむこと
だいいちに

なすすべをうしなったちちおやのひびのいいぐさ
　におもいなやまぬこと
むかんしんは　おもいひをかたちづくった
ぜつぼうというゆうわくがある
りゅうこうかだけであかるくなれるものではない
ただはたらかなくてはならぬこと
それはおもいひびをつくりあげた

もうぶちやぶれ　ちちおやよ
ははおやよ
なにがわれわれをくるしめるか

日曜日

一

淋しいのだ
夜
福井

映画をみる
店から主人と五人

過去に殺人の罪をもつわかい神父が
かつてのなかまのなかにまきこまれる
坂のうえの夜の繁華街
地下のキャバレー
いいようもない顔で演奏する楽士たち

道徳　苦悩
石造りの教堂のなか
白髪の司祭主任が二階の窓から孤児をののしって
　いる

劇場を出る
主人はもういない
スクーターが預かり所にない
九時半まえ
後悔する
ぼくもはやく帰りたかったのだ

ロータリーのほうから市内電車が来る
安全地帯に人がはしっていく

赤茶いろのカーディガン
黒のスラックス
下げ鞄
かわいた髪を風にふかせている
あき子だ
君

さようなら
ふいとふりむいたあき子

鞄と傘を脇にもち
うつむいていきながら
あき子の顔をおもう
はりつめた顔だち
眼をくるくるさせ
かんだかくなる口調
話ししたくてたまらない
あき子
同僚のあき子

寒い
ぼくはジャンパーのえりをたてた

※

車道の吹きっさらしのまんなかでくちずさむうた
何カ月も休みらしい休みのない疲れ
ガリ版印刷労働

あすも日曜というのに休めない
休もうとかんがえることが
まちがいのもとになる
金のために命がけ
人間というものは働きに生れたのだ
主人はいう
主人のことばにさからってはならない

そうして毎晩追っかけられるつらい夢をみる
たしかなこと
そうしなければ破産するだろう
安心せい

昼休みもろくろくあたえず
できるだけ終業時間はおくらせて
つぎつぎに仕事させるがいい
誇るがいい
店の発展を

※

ぼくは自転車でうずまっているアパートの玄関を
　ぬける
階段をのぼっていく
ふた親はまだ起きている
父は電灯のしたでコタツにはいっている
母は階下の共同炊事場で洗濯している
ぼくは石油コンロをもちだして
点火する
フライパンに冷や飯をいれる

冷たいつまさきをかかえてぼんやりする

背をむけて
父は書きつけている
どこかでひろってきた
雨でふやけた手帖に
一日の仕事について

二

ぼくはすっかりわすれていた
ぼくの日曜日
気持ちよく休んだことがないが
すこしはやくひけて
本を読む
だが心はおちつかない

けさの主人のどなり声
主人の顔
ひかる赤い眼鏡の縁
うつむいて
ガリを切るあき子
黒いビロードの上着
赤いセーター
ひっつめ髪のあき子
ガラス戸のまえのぼく
輪転機のまえで紙をしらべる
ああちらつく主人の眼
熱っぽい痛い眼
ぼくたちの眼
とつぜんドアの荒らあらしい開閉
まだできんのか！
胸のうちのおどおどしたつぶやき

アパートの廊下で子供がさわぎだす
急にどうしたことだろう
部屋の戸へ触れる
下駄箱に触れる
洗面器がおちる

母が帰ってくる
——父やんは
——どこ行ったんや　ずっといない
母は買い物かごをおく
買い物かごから靴下と格子じまのマフラーをとり
　だす
——ぶらぶらしてんやな
——きょうは休みやったんか　母やん
——そのマフラーはいやかったらかえてくれるん
　やと
——この四角い箱は
——シャツや　丸岡の兄きにたのまれて

父が帰ってくる
空口笛をふいてはいってくる
母のうしろから
——ほう　なに買うてきたんや
——どこ行ってたんや
——こうらいいもの　うらに買うてきたんけ
——それより　時計は——母がいう
——千五百円まででであるんやと　いろいろ見せて
　くれた
——いつもの質屋でけ
——ちがう　何軒も行ってきた
——なに　時計なににするんや——ぼくだ
——兄きにたのまれた
ぼくはわすれていた

みじかいことばのやりとり
心のつうじあい
父はつかった茶碗をバケツにいれる
袋をさがす
日雇い労務者手帖をさがす
印紙をかぞえる
晩飯がすんだ

——おお　一部品種の賃織り全廃——管捲き工の
　母が新聞をみていう
——フジエットがそんなに悪いんやろか
——それはそうと　石油買うて来なあかん
——お　ほや
——それにいい缶にしてもらわな　漏るんじゃ
——なんじゃこの写真　こんなものいいんけ　あ
　あ　ダムけ
——そりゃ　九頭竜川総合開発　笹生川　雲川ダ
　ム　中島発電所や
——ほやけど　あぶらげの値段　もうあがったけ
——あがるやろ　きのうも新聞にでていた
——そや　きのうもきょうもかいてある　ここら
　まだあがらんけ
——あがるやろ
父は深く呼吸する
十円銅貨で食卓をたたく
——あしたのおかずにするもん買うてこなあかん

朝もやのなか
福井駅の大時計が八時ちかくをさしている
十一月といえば冬にちがいない

ぼくはくりかえしている
——革命を

朝 二

これがぼくの部屋だ
町屋荘という
二十三世帯のうちの
二階の六畳間

朝五時
ふた親が起きる
父が共同炊事場で飯をたいているときに
母がぼくの枕もとに屏風をよせて
おかずを煮て
食卓をだしてあと
いま
ぼくが昨夜眠りこけて
腕や布団のしたにした
本や『ゆきのした』誌
かきかけの原稿
手紙を
とりあげ
見る

ぼくの足もとに窓がある
壁にそって
古い母の嫁入りダンスと茶ぶろがある
対の壁には
二段の棚とぼくの本棚と衣物掛けがある
それらをてらす朝の光

これがぼくの部屋だ
町屋荘という
二十三世帯のうちの

二階の六畳間
七時
母が機場へ
七時半
父が水道局横の市土木事務所控え所へ
ぼくはひとり眼をつむっている
この部屋にきみの思いがふれようとき
いま
これがぼくの朝

語らい

そこでぼくたちははじめて本題にはいったのだった。——革命は、うわめにはつかぬ変化でもってやってくるのだ。ぼくは赤軍の話しをした。どんな戦い方で勝利したかを話しした。母が一語一語にうなずいているのをみるのは、なににもまして興奮させるのだった。

食台のわきへもちだした石油コンロで、母は菜っ葉をゆでた。ふたをとった鍋にくつくつたぎるまっさおい葉を箸でひとはしどんでんがえすと、一瞬、湯がしずまり、いちどにあたりがくらくなったかのようであった。母はその箸で葉をおさえた。湯気で眉をしかめて、鼻がつまったように、前歯を鳴らし鳴らし、火をよわめた。

「見ね！　この写真。」ぼくはわきにおいた新聞をとり、横から母につきつけた。そこに、五階建ての、どこか博物館かと思うようなどえらい大きな建て物のならんだ、しかも、公園のような、門と小さな並木のつづく、ひろい、あかるい風景写真があった。その門のあいだを、二人、三人、歩いており、そのきわに守衛みたいに、一人の男が立っていた。窓には、小さなバルコニイがあり、屋根にアンテナ程のなん本ものさおが立っていた。

「え、——これが、住宅やぜ。」ぼくは、顔を見ずにいった。「ひっでえもんじゃ！　え、マグニトゴルスクの鉄鋼労働者の住宅だってさ！」母はだまって菜っ葉をふたたびかえした。だが、すぐいった。「日本じゃあかん。いつんなったらのことか。——」「ほんなことない、もうすぐできる。——十年たてば、いや、二十年のうちには！」「そんなことはない、五十年ぐらいせな。——死んでしもうてる。」「それこそ、そんなことはない。きっとなる！　きっとなるんや。新聞みてるやろ、みんなの力がいこうなっているのを。」「みんながそんな気にならなナ。あかん。日本はむつかしい、戦争にかかってるならともかく。」「なにいうてるんや、かったってだめや。」「支那なんか、かったさけや。」「ちがう、そうでないんや、政府の力でかったってあかんのや。」「資本主義がかってるでな。」「そうだ！」とぼくはいった。「それ、どうしておぼえた！」「それくらいは知ってるが。」母はわらった。

そして、ぼくは、日本のアメリカ従属について話し、さらにそのアメリカ政策が世界で孤立しつつあることを話しした。

きょうのたたかいが

1

夜、九時をすぎている。敦賀にまぢかい。「ここずっと、福井におられたのですか。――そうですか。丸岡から、かよっておられるのかと、おもっていました。」客席はいっぱいになっている。六、七年まえ、高等学校で、その先生にならった。「そう、まる三年たちますね。」「そうすると、ぼくも福井へでて四年になりますから、すぐだった、というわけですね。」「そうだ。きみがうつって、翌年だ。」といって、先生はちょっと眼をしばたく。眼はまえをみつめている。先生は褐色のシャツをうでまくりして、腕をくんでいる。まっしろい腕章をつけている。「福井思想の会」と、みどりのマジックインキで、そのネルのうえにかいてある。こまかいなみをうって、字はにじんでいる。「内地留学を、されていたそうですね。どこへですか。」「東京大学、ですよ。」といって、きゅうにわらってつけくわえる。「全学連の、ほんもとですよ。」こえは、ひくくおとなしい。「あ、そうですか。」と、ぼくもわらう。「経済学部、にいました。羽田のときも、国会乱入のときも、いきませんでした。いちどは、教室へでてみると、すでに、出発したあとだった。それで、見物するみたいに、でかけた。――ははは。」眼がきらきらする。うすい眉毛がまっすぐにひきつる。髪が眼のまえにさがるので、かきあげる。ほそいあかい線のあるねずみいろのズボンをはいている。「あれは、何月でしたか。」「一月になるかな。――」「とにかく、たすかった、っていうわけですか。ははは。――じゃ、先生。文化会議として、まとまって、行動しましょう。」

車内はますますこみだす。鉢巻きをし、たすきがけしたひとが、ふえてくる。突然かれらは、口ぐちにさけぶ。窓をあけ、ある者はデッキへでてゆく。敦賀だ。ふたたびぼくらは「民族独立行動隊の歌」をきく。福井でうたいつつ出発し、武生でまたうたった。おりる者とのこみあうデッキを、はやく敦賀のなかまの顔をみようと、さけびあい、とびおりる。ひとびとは送る。——つめたいよるの空気をついて、車が構内をはしりだす。赤旗がはげしい力ではためきながら、そのつらをうつ。したしいなかまたちが、そのかわらぬ顔でむきあい、さけび、手をふる。安保改定阻止・六月十八日・中央行動・福井代表が、二百名出発する。

ぼくらはホームの柱ぎわで列をなし、腕をくんで、歓送のなかまたちとうたった。ぼくらをみつめる真剣な眼が、胸にきざまれた。手をにぎる気持ちに、わきたつものがある。代表が汽車にのりこみにかかる。そこで、ひとびとのおもいを、もういちど、しっかりと、つなぎとめておこうとするのである。手をかたくふりつつにぎる。——ぼくのところへ、敦賀の民主青年同盟の代表がのりあわせた。かの女は、荷物を網棚へのせると、そのなかからとりだした空気マットを、通路へしいた。そこに、ぼくをはさみ、ふたりすわった。かの女はそのままかんがえこむようにして、席のひじ掛けに背をもたせて、しばらくだまりこんだ。ぼくらとむきあう席に、ふたりのなかまが腰かけている。かの女らは、文化会議の代表である。ふたりもじっとしている。通路は、新聞をしいてすわりこんだ代表らで、とおれなくなる。ときどきどこかで笑いがあがる。ぼくは腰をへたったまま、おもいだしてポケットから手紙をとりだし、よむ。出発まぎわ、出札口で、佐代子からうけとった。「労働会館からのかえり、テレビで、きょうの殺人現場と、警察の暴力行為をみました。雨のふる国会まえで、地面にたおれた学生をたたき、負傷者に手錠をかけて救急車におしこむ人間のすがた。おなじ日本人なのにこんなことのできる人間につくりかえた思想、教育。冷酷無比で、わたしたちの意思のつうじない人間に、祖国をうごかされている苦痛を、からだじゅうに感じています。岸は、ひとびとに地面のうえでたたきころされるにあたいする犯罪者です。」その日びのことをくわしくいう必要はいまない。アメリカ大統領秘書ハガチーは、デモ隊をまえにフルスピードの車でつっこんだ。道をデモ隊は旗をにぎりながら走った。海につうずるひろい川の岸で、かれらはハガチーをすくいだす警官隊にふたたびであった。ハガチーは日本人をあなどっていた。六・一五安保阻止請願デモは、日本の反動のすがたをうかびあがらせた。ここでデモ隊にむけてつっぱしったのは、護国青年団の、トラックにのった暴力団の一隊であった。国会議事堂周辺で弾圧をくわえ、女学生をころしたのは、警官だった。政府の弾圧強化方針にいきおいづいて、かれらは一体となった。

——ぼくらは去年夏七月、安保反対文化会議をつくった。まもなく福井県民会議がつくられた。青年共闘会議がつくられた。日本・朝鮮青年の友好のつどいがひらかれた。民主青年同盟はまずビラはりをはじめた。政党も街頭演説をはじめた。平和行進が数次にわたって計画された。吹雪きをついて、たとえば大野のひとと松岡のひとがいっしょにあるいた、ということが、つよくおもいかえされる。そうすると、シュプレヒコールが演じられ、『中立日本』と、腹いっぱいに、はじめてさけんだ、公会堂のなかの決意がおもいおこされる。年があけ、青年の旗びらき、安保阻止・母と娘の集いが、あいつぎおこなわれた。感激はあらたなエネルギーを、力をうみだした。

議長のこえがして、すぐささやきが、あちこちでひろがり、
「事務局！」「新事務局！」とかわすことばが
まえのほうから、きこえてきた。
やがて、その提案者がたち、
大会アピールがよまれる。
声明、安保条約改定をはばもう、
安保改定に反対する福井県文化会議。

ひとりふたり、木ベンチのあいだをまえへゆく。

くれがたのうすあかり、
あかるいざわめきが、
そまつなあかりのついたホールにおきた。
文化会議の結成のときのおもいはわすれた。ぼくらはもっとまえへでた。――車内で、あちこちで、うたがちいさくつぶやかれる。ふたり、三人、あたらしいうたをうたいあう女性たち。かえうたをいくつも披露してよろこばす青年。それから、眠りをわすれて職場のことをはなす活動家が、そのなかにいる。活動についてはなす。「民青の、カチューシャ公演、成功だったそうですね。」、「ええ。――」そのことについて語りあうのは、ほんとうにたのしい。青年の力で、夜の雨のなかを、千人をこえるひとびとが観にきてくれることを、実現した。雨でむかえにきたひとびとにも観せた。――この成功が、わたしたちの代表派遣を実現した。そう語るのはたのしいことである。
深夜の駅をいくつかすぎる。ふっと気がつくと、駅員が連絡しあうすがたがみえてくる。改札口からホームをまがりくねって、ひとがやってくる。ゆっくりとくる。やがて車がうごきだす。ぼくは

あいた席によこになった。あさい眠りのなかで、じゃらんじゃらんと、みょうな音をきいた。東京行きとかいた窓のそとのネームプレートが、ゆれて鳴るのだった。

六月十八日、朝、七時であった。ぼくらは東京の街にでた。あけがた熱海で、しずまりかえった海と、湾をなすひくい山の峰から太陽がのぼるのをみた。東京にちかづくにつれて、家いえはくすんで灰色にみえてくる。そこに、おもいもかけず、杭に張った「岸内閣打倒　国会解散」とかいた横断幕をみた。ある駅では、並びあわせてべつの車に、鉢巻きのなかまたちをみた。六時半、東京駅のプラットホームで、民独の歌がわきあがった。列車はとまったまま。駅員がプレートをはずしていく。代表たちが腕をくみ、輪となり、かろやかな気持ちをとりもどし、あわい陽射しをうけてうたう。日本共産党福井市委員会とかいた赤旗に、黒いリボンがたれている。うたはたたかいの武器である。そうなったとき、うたはひとびとをむすびつける。うたは信頼をうみだす。またもや国鉄労働会館の八階で、うたがわきあがった。ホール二階席につうずるロビーに輪ができ、兵庫県、和歌山県の青年がくわわってきた。そこは、ひくい天井になっていた。一方は階段につづき、一方はエレベーターの入り口であった。そしてまた一面から、東京の街がながめられる。「どんとこい」「しあわせの歌」「晴れた五月」「炭焼きの歌」と、つぎつぎうたう。

うたはうたいつがれる。公園の広場にも、拍手とともにひろがる。ゆくところ、ゆくところでうたわれる。きえては、またうたいだす。うたはたたかいの武器である。おもくくすんだ煉瓦積みの、窓のたかい建て物がある。都電の三叉路に面して、戸・窓をぴったりとしめきり、そこにあった。警視庁という。しめきった通用門のなか、くぼんだ内庭に、警官どもがせわしくむれをなしてゆききしている。うたは建て物をつつむ。腹のそこからうたううたである。米兵の営地がある。門のまえに、腰に手をやって、からだをおり、タバコをくわえて立っている米兵をみる。かれらはみな笑いをうかべている。石造りの国会議事堂がある。それは木にかこまれている、初夏のみどり葉が陽にかがやき、わずかにゆれた。うたがとぎれたとき、ぼくらは「安保」というものを胸のなかにひきだしてくる。そしてふたたびうたいはじめる。木の葉のかげにかくれている警官ども！

民族の自由をまもれ
決起せよ、祖国の労働者

ぼくらのきょうのたたかいがはじまるのだ。

2

岸内閣はやめろ。
国会は解散しろ。
安保条約反対。
不当弾圧反対。

ぼくらは新安保条約反対と決議した。職場で、町で。ぼくらは鉛筆をもち、署名用紙に名前をもとめた。電柱にビラをはった。新安保条約反対、そうかいたビラをはった。――自由民主党単独採決。国会本会議場はよごされた。かざり柱。壁。垂れ幕。ちいさな時計。大臣のまえの議員席で、両手をあげている奴ら。頭よりもたかくさしあげて、拍手する奴ら。かれらはそこにいるのだ。なかまの顔をみあう、せわしげに、自民党の、泥手泥足、あせりそのままに。

岸内閣はやめろ。
国会は解散しろ。
安保条約反対。
不当弾圧反対。

ぼくらは、いま大股にかけあがった土手のしたをみおろした。こえをかけあい、風を額に感じ、笑いながら。それから、空をみた。あたりをみまわした。あれた広場の土はふむとやわらかい。石ころがある。とげとげした草むら。茎を、旗をもった手でかきわける。高みにでるとき、ぼくの胸が動悸をうった。三列になったり四列になったり。列をみだすまいと懸命。ぼくらの耳にとおくつたわるこえ。ざわめき。ぼくらはでこぼこになった土のつらをふむ。ふみ、けあがる。旗をにぎりしめる。この広場は国立劇場建設予定地。国民集会がはじまる。集会へ。

岸内閣はやめろ。
国会は解散しろ。
安保条約反対。
不当弾圧反対。

六月十八日、十九日、何百万のひとびとがうごいた一日、二日。あるきつづけた一日、二日。どこへむかったか。岸は陰険な足どりをきざむ。二十日、二十一日、二十二日。――六月十九日午前零時、かれはなにをさけんだか、よわよわしく。二十三日午前九時、外相公邸でなにを笑ったか。かれらに笑うようなものをもちえたか。二十二日、ぼくらはかれらになにでこたえたか。六百万の労働者のストライキだ。ストライキで、岸内閣をたおしたのだ。一日、二日が、ぼくらのたたかい。
きびしいたたかい。すみきったたたかい。

岸内閣はやめろ。
国会は解散しろ。
安保条約反対。
不当弾圧反対。

「わたしたちはアイゼンハワーの訪日をやめさせました。」野坂共産党議長のこえはすんでいた。あいさつにたったかれの、突然のこのことばは、ぼくのこころにきざまれた。何十万のひとが、一瞬しずまった。なにを感じあっただろう。自然成立を夜にひかえて、確信をうみだしたのだ。ぎらつく空の雲のうごきをみる、一瞬のおもい。

岸内閣はやめろ。
国会は解散しろ。
安保条約反対。
不当弾圧反対。

ぼくはぼくらの力を信ずることができた。ぼくらはその力を、だれにでもそのままましらせることができた。首相官邸へ。二時間の道のり。両の手をふりあげる。だれにふるか。東京のひとたちの激励にこたえるのだ。東京のひとたち。ぼくら、福井県。あおいゴシックの文字で染めぬいた鉢巻きをしめたぼくら。大通りいっぱいに十八列行進。端の列のひとが、ひどくとおく感じられる。かれのもつ赤旗のはためく音もきこえず、顔もかくれがち。顔がかくれる。たちどまったままの電車。窓をあけて握手をもとめる運転手。顔がふたたびあらわれる。旗をたかくかかげる。「福井県代表のみなさん。わたしたちは、長野県代表です。きょうの行動を整然と、力いっぱいがんばりましょう。」ぼくらのうしろにつづくスピーカーのひびき。東京の街の坂道。かたむきかけた太陽を背にして、ビルの屋上から旗をふるひと。岸内閣はやめろ。ぼくらのこたえ。

塀と塀のあいだからひろい通りにでる。だが、しげった木の葉でくらい屋敷。ここが首相公邸。ここに岸がいる。安保条約改定に反対とさけび、岸首相に抗議のことばをさけび、ひとびとの拍手のなかでやってきた。手をつなぎ、やってきた。針状鉄線をはりめぐらしたたかい塀をみた。せまい門に二列にぴったりからだをよせてたっている警官をみた。門のうしろからのぞいている顔もみた。

岸内閣はやめろ。

国会は解散しろ。

安保条約反対。

不当弾圧反対。

3

六月十八日夜、ぼくは眠れなかった。やみのなかで大部屋の欄間をみた。その、窓明かりのうっすらうきでたぐあいにみとれる。ぼくのとなりにぼくの友がいる。やみですかしてかれをみる。眠ったのだろうか。かれは共産党員である。やみですかして、また一方をみる。しずかだ。からの布団がある。からの布団のしいたむこうに、ひとりいる。かれは共産党の中央委員である。ぼくはとなりの部屋の寝息をきく。ふたたびおもいにふける。さっき、ふたりはお茶をのんだあとで、いいあらそったのだ。お茶をたてるのはわたしの好みでね、と、その年のいった中央委員がいい、つぎについだことばが、党員はいつのばあいにもこころにゆとりが必要だということだった。そこでぼくの友は、おもいのはしで、金がない、といったのだった。ぼくの友のいったことでいえば、そこで金がないというようなかんがえかたではだめでないかといわれて、そういうふうにいうことこそまちがいだと、いいかえしたかったのだった。ぼくも友のかんがえに賛成した。中央委員はやがて友のいきおいにまけ、かたくものをかんがえてはならない、と、ただそれだけだったのだと、いい、友の名をたずね、笑った。このひとは、きょう、三十万のデモの先導をつとめたひとりだった。そしていまも緊張がないとはどうしていえよう。東京のにぶい車のひびきをきく。まじったひとのさけびがよみがえる。国会わきの、木のみどり葉のゆれていた土手がおもいだされる。ちらちらと、木がうかんでくる。すべての確実な足どりを、いま感じる。

空はくもっている。衆議院第一議員会館まえで、そこにいあわせ地方代表の臨時抗議集会がひらかれる。ぼくらは地べたにすわる。空をみる。風がある。赤旗がはためく。街路樹の葉がゆれる。ほそい幹の根元はくらい。木木のうえに背をのびやかにのばすようにして、国会議事堂が姿をみせている。宣伝カーのうえにたち、国民会議の代表があいさつする。それはおもいをおさえた憤りである。何時間かまえ、ぼくらはおなじこの広場で、かけつけた社会党のある代議士の、はげしいつらい怒りのことばをきいた。かれは樺美智子さんの遺体解剖にたちあった医者のひとりだった。樺美智子は国会構内で、十五日、警官によって意識的にころされた。奴は指で首をおさえ、足の力で女性の膵臓をふみ、破裂させ、即死させた。かれはいった。そればかりではない。いまみなさんがふりかえればみえる、この、衆議院第一議員会館は、昨夜、条約の自然成立とともに、政府・自民党によって放火され、もえあがるところであった。百万にちかいひとびとが一所で行動にたちあがったこのときに、かれらは最後の手をだそうとしたのだ。それは暴露された。医師は手をふりあげてはっきりいった。われわれはたたかうだろう。そして、勝つだろう。かれのことばが、いま宣伝カーのうえの国民会議代表のことばにかさなる。政党代表がこれにかわる。われわれは勝利するだろう。日本人民はたたかうだろう。断固として。

東京の街。しずかな街。ぼくらはふたたび、三たび行進する。民族の自由をまもれ。いまこそ、ぼくらのうたはたたかいの合図である。さっき、抗議集会をおえるとき、ぼくらはシュプレをやった。安保条約反対。岸内閣はやめろ。国会は解散せよ。ぼくらはスクラムをかたくした。右翼暴力団の一隊が、請願所のほうからやってきた。かれらは棒をもち、ゆっくりうごく小型トラックのうえから、ぼくらをみた。ぼくらはうたった。トラックはとまらなかった。とおりすぎた。決起せよ、祖国の労働者。いま行進はまたたくまに大きくなった。道ゆくひとびとのきえない拍手がぼくらにこたえる。ひとびとはかけよってきた。列にくわわり、歩道をいっしょにあるいていく。国会南門のまえで、黙禱する。樺さん、やすかれ。つつましい花束のかずかず。焼香台のつらは、門をうつしてひかっている。やがてどこからか、ひくいうめきのようなこえがわきあがってくる。それはしかしうめきではなかった。インターナショナル。それはうたであった。ぼくらは国会正門にきた。ぼくらは迂回した。ぼくらは自然成立無効と、シュプレをくりかえした。列をみださず、門にちかづいた。とおくそびえたつ議事堂。ひろい構内にはひとかげがない。門をはなれる。警視庁にむかう。列はますますつづく。ひとびとよ、くわわれ。ひとびとよ、たちあがれ。ぼくたちのきょうのたたかいがはじまるのだ。

町から町へ

ぼくたちはぼくたちのねがいをうまく口でいいあ
　らわせない
けれどもぼくたちはあるくことができる
ぼくたちははやくあるくことも　ゆっくりあるく
　こともできる
それでぼくたちのこころをあらわせる
ぼくたちは時間をすこしばかりつくりだすことが
　できる
行進にくわわるために
百歩でもあるくために
印刷の仕事をくりあわせてくわわるために
何日もまえから
かんがえておくことができる

ぼくたちは赤旗をもつ
ぼくたちはつくったプラカードをもつ
ぼくたちは折りづるを首にかける
折りづるは行進にくわわれないひとびとが折った
　ものだ

ぼくたちはくりかえす
原水爆を禁止せよ
軍備を全廃せよ

核武装をやめよ

平和をのぞまぬひとはない
戦争に反対しないひとはない
行進に拍手をおくるひとびと
お茶をさしだすひと
手拭いをおくるひと

平和大行進は暑さをついて
ひとびとのこころのなかをつらぬいて
通りすぎる
行進が町をたってから
正午のサイレンで機場からでてくる
あのわかい女工たち
かの女たちは肩をすりよせ
むじゃきに笑いながら
昼食のために家へかえっていくだろう

日米安保条約の破棄にむかって

日米安保条約を破棄しよう
岸政府の政策に
ぼくたちのかたいこころを対しよう
安保条約の破棄をめざして
さらにたたかおう

国会正門の鉄格子にかた腕がふれた
そうして行進のむきをかえたとき
なんとおおくのあゆむ足をみたことだろう
ゆっくりした
たしかな足なみ
だから
いっときにぼくたちの心に苦痛がきたのだ

大宇宙なにがし会とかいたタスキがけの老婆が
ひとり立ちふさがり
声をからして
デモやめえとわめく
あなたを無視しはしない
条約は今朝「成立」した
この行進はぼくたちのあたらしい行動なのだ

かけよってくる都民たちの靴音におびえよ
岸よ
ぼくたちは腕をくむ
すべてのひとびとの要求にたって
東京の行進は全国の怒りにささえられる

苦痛はぼくたちの心をかためる
それはだから福井のたたかうひとびとをむすびつ
ける

ぼくたちはやってきた

ぼくたちはアカハタまつりにやってきた
ぼくたちは泳ぎにやってきた
あつい砂地の松葉をふみちらしながら
うちよせる湾の波はこまかくおおきく
ぼくはやってきた
ぼくは泳げなくて波に足をひたすだけのために

ここは日本海
ここは敦賀・松原海岸
砂地に影をゆるがす旗
日本共産党の旗
日本民主青年同盟の旗

ぼくたちはふたつの旗のもとにやってきた
ぼくたちはやってきた
ぼくたちはひびかす大合唱
海をへだてて社会主義国はとおくない
潮はぼくたちのうたをつたえよう
ぼくたちはやってきた
福井県のすみずみから
これなかったひとの心をこめて

ぼくたちはうったえる
安保条約を破棄しよう
日本海を平和の海にしよう
新聞アカハタを十五万部に
アカハタ日曜版を三十万部に
民主青年新聞をおおきくふやそう

ぼくたちはふたつの旗のもとにやってきた
ぼくたちはアカハタまつりにやってきた
みなさん
からだをきたえよう

布団のしたに

順《すなお》よ
おまえは眼をさましてしまった
顔をむけ
まばたきもしない

まだはやいよ
しずかな朝だけど
お父さんたちはしずかに布団をあげ
そっと顔をあらうことができない

おまえの布団でもっとふかぶかと顔をうずめよう
かけてやろう
笑みかえすおまえの眼を布団のしたに

わたしたち・「六月のつどい」を

ようこそ皆さん
「六月のつどい」はもうはじまっています
こころをひとつにしましょう
ひとつに注意をむけて
胸にしずかに手をおくように
あなたの胸のそこからしずかに
あの民族独立行動隊の歌がよみがえってきませんか
どこか表通りからあなたの仕事の手をとめるようにして聞こえてきた
あるいは
あなたじしんのこえ
あなたのちいさなうたごえが

うたは東京へつらなり
無数に並木道のみぞをはしって
議事堂の木にかこまれた建て物にゆきつきました
それはわたしたちの国会です
あの日び
政府・自民党があからさまに国会の原則をふみにじったとき
それはわたしたちの頭をふみにじったことにちがいなかったのです
国会はわたしたちの国会であるべきと気づいたのは

そのときだったのです
はじめて歌をうたって
はずかしく腕をくんだひとびとが
気づいたのです

わたしたちのまえにかたく門をとざした議事堂
それはなんのためにそうなのか
にぶい青銅色の垣はひとをさえぎるためでない
あおあおした草花・芝生・木木はよごれをかくす
　ためでない
もちろんたかい土手は警官をかくまうためでない
わたしたちの国会であるとほこるべきもの
だれがそのためにはたらいているのだろう
だれが草木をうつくしいとつたえるのだろう

だれが
それはわたしたちです

一行のなまえ・ところ・「日米安保条約の改定に
　反対します」
あの一行の署名が
よみがえるかすかなうたごえ
おおぜいの靴音をきざんではこばれました
国会にはこばれました
岸信介首相のもとにも
アイゼンハワーアメリカ大統領のもとにもあのよ
うに

わたしたちの国会とするためにはたらき
うつくしい建て物の姿をひとびとにつたえたのは
それと気づいたわたしたち
ひとつになったわたしたちじしん
日本のすみずみからあつまった力です

ようこそ皆さん

祖国のために
歌をうたいましょう
こえをはっきりと
「すべてのひとの安全と幸福のために」
「独立・民主主義・平和・中立の日本のために」
「あすの日本のために」
「六月のつどい」をそのひとつのいしずえにする
　ために

すこしの話

わたしはわかい女教師
やっと一年がすぎたところ
でもわたしの話をすこししましょう
ききながしてくださってもいい
結局はわたし自身のことを話すことになりそうで
　すから
わたしが肩をもぞもぞしているから
どうしたとあなたはきく
虱なの
虱がいるの
あそこではきたない
あそこは汚れをかまわない
かまっておれない
そんな子供の家をまわるの
みな蚕を飼っている

そう
炭を焼いたり
蚕を飼ってつむいだり
油単の原料になるオウレンをつくったり
いまは蚕の世話の時期です

田圃はすこし
かいたく地もふえてきたけれど
田圃は半年が自給できるくらいです
あとの半分は買うのです
雑炊にしてたべるのです
電気はついています
中島発電所からきています
あの発電所のダムで水没した補償で
電気料はただみたい
電気はやはりつかいます
テレビも半分ぐらいの家にあります
去年までは学校にしかなかったので
みんな殺到してみにきたわ
画面はじゃみじゃみだけど
きのうの晩など
プロレスになるとみんなみているわ
みんな金はあるらしいけれどつかわない

子供たちはノートをきっちりつかう
きっちりうずめないとなかなか買ってもらえない
　のかとおもう

子供たちはのびのびしています
かげひなたがないように
わたしも気をくばります
もちろんそれでもまだかげひなたはできるし
なきむしの子
わんぱくの子
いろんな子がいる
十八人の子供
それがわたしの中学分校の全生徒です

子供たちは海を知らない
谷川でおよぐ
底はふかくないし

およぎにくい
とてもつめたい
子供はなれている
わたしはとてもとてもがまんできない
そこにアユがいます
たくさんいます
メダカはいない
メダカは十五度以上の水温でないといないそうです
アユは焼いてたべます
わたしは電気コンロしかもたないので
あげるといわれてももらわない
でも炭で焼くと
おいしいのね

子供たちに本を買ってかえろうとおもうの
それで福井へでてきたの

子供たちの本
ぼろぼろになってしまっています
そうそう
あそこといってもわからないわね
大野郡西谷村巣原
まったくの山のなかです
雪がふると
交通のとだえるところです
巣原には蕗がたくさんとれ
一キロいくらで
わりにたかく売れます
子供たちがたくさんとります
一年の子供たちはあそぶのですが
それでも四キロもとれました
それでお金ができたのです
本は福音館のものがいいらしいけれど
さがしてもみつからない

子供らは絵本でないとだめです
一年の子供たちは絵をみながら
話をききます
話をきくのがすきです
だまってききます

子供たちとのむすびつきはまだよわい
わたしは女教師
やっと一年をすごしたところです
また夏休みがきます
あすはすぐ巣原へ帰ります

竹林のまえで

おまえはとつぜんぼくのまえにあらわれた
くらい屋敷の生け垣のなかから足音をおさえて急に道へでてきた
電柱の灯りのしたに立って
ぼくらはかたまっておまえに話しした
ぼくの友人がおまえの友人だった
おまえは教員勤務評定実施反対のビラをうけとって
スカートの腰のところへかくした
おまえの名をしらなかったぼく
おまえの声をはじめてきき
しげった竹林のまえに立ったおまえの
かがやく眼のまばたきを見た

おまえとわかれると
床について
やみのなかでぼくはつぶやいた
生きたい
生きたい

おまえにむかってその気持ちをひとりうちあけた
ぼくのぐずぐずした告白が
しかしあんなにも早かった
おまえをいちどに信じることができた
　ぼくの生活をきいてくれ
　愛するということばがあるならば
二十三歳のぼくをあんなにも内気にして
ぼくの思いをつつんだおまえの体臭

妹は死に
義母につかえ
夜がおそい父の愛につつまれている
おまえは幼稚園の教師
おまえはクリスチャン

ほかにはなにもしらない

おまえはとつぜんあらわれた
庭を足音をおさえてぼくのまえに
あの夜あらわれた
おまえは　わかったわ　とひとことあかるくこた
　えて
ビラをこまかく折ってスカートの腰にかくした

あいさつ

新年おめでとう
金よ
はずかしいような
あらたまった
はじめてのあいさつ
それは無音でいたからではない
つづれば小さい文字で

あたらしい年
いま
日本・福井に雪がふっている
街はしずまりかえっている
これは三月にはきえる
雪はきえる
だが新年おめでとうといわずにおれない
あついこのあいさつの気持ち

金よ
きみの祖国安着第一報の手紙をよんだ
すぐ帰国前の総連学院からの葉書をよみかえした
ぼくははじめて理解した
きみら安岳の平野のトラクターのうごきぐあいを
きみらの貯水池のおおきさを
つり糸たれるひとのきみへのことばづかいを

三十八度線一ぱいのきみらのあしなみ
あたらしい年
いま
ぼくらの決意はかたいだろうか
ぼくらの気持ちは通じるだろうか

新年おめでとう
統一へ
文をつづれば兄のようだった金
一九六三年一月一日

あなたのこころが

あなたのこころのうごきがつたわってくる
わたしたちに

そのもだえ
はらだちさえも
胸のたかぶりが

夫のこと
家のなかのこと
朝のしまつをおえてつとめにいそぎ
伝票をくり
ペンをとる
一日
机むきあう同僚の顔も見たくない
思いにとらわれ

それは不安というものか

だれのため
その決意はだれのため

夫よ
建築事務所の開業はだれのため
どうして安定をいそぐことがわるいのか
選挙にたつのはだれのため
共産党としてたつのはだれのため
夫よ
それは不安というものか

だが
あなたのひそめた
涙のつぶやきが

わたしはわすれない
あのことを
かわきのあとになお見えてきた共産党
わたしの人生とはなんなのか
だれも教えてくれぬ

あの人の弱ささえも
意志のかたさをつくりだす
いまこそわかったたたかい
ことば一つにさえ
あの人は信頼こめて
けれども
あのことを

あの日びの思いをわすれない
ここまでくればこれまでの思いをぬけて
前進の決意で
夫と行動を共にします
きのうまでは出合ってもお早ようさんとだけいった
近所の人びととも
いまはこころをこめて接するときがきたと思います

同志たちのまえでわたしはいった
けれども
あなたのこころのうごきがつたわってくる
わたしたちに
それをかくすまい
つもった夜の雪路をふむ
わたしたちはいまあなたの家をでた
あなたの家のまわりで
日韓会談粉砕署名をよびかける
御幸町
城ノ橋町
北野町
くろぐろとして輪をなす荒川べりにちる
わたしたちの胸に

空襲

小川

ぼくは
宝永校の土手のそばで
ジャングル・ジムに夢中になって
校舎のよこの小川にそって
五　六人で
いそいで家へかえっていった

帽子

となりの家の竹やぶはだいぶひろい
笹のしげみにかくれて築山がある
ぼくらはそこで冬にソリをすべらせる
築山のおくには
のぼるとおもしろい藤の木がある

築山のきわで
小川がおれて
ながれこんでいる

藤のつるがぼくの重みでおれそうになった
帽子がころげていった
帽子が小川におちていった

切り紙の花

とつぜん蚊帳がはずされ

部屋のすみになげだされた
布団がまるめあげられた
ぼくは防空頭巾をかぶせられた
あごのしたに頭巾のひもがきつくゆわえられた
ゆわえようとする母の指がふるえた
ぼくはリュックをかついだ
夜なかなのにラジオがついている
声が警報をくりかえしている

ゆみちゃんの眼が防空壕のなかであいている
かみの毛が額でふるえている
くらい
くらい
くらい夜なか
ぼくの手を母がつかんではなさない
ひくくひびいてくる爆音だ

切り紙のあかい花
包み紙の花がいれてある紙挟み
縁側の柱の釘にかけたままになっている
切り紙の花はきょうつくったばかりだ

竹が家の屋根にかぶさってきた
風がまきおこって
葉が瓦にすれあう
竹やぶの家のひとがかたまって
笹のなかをはしっていった

火が竹やぶのむこうの空にふきあがった
家があかくてらしだされた
火はみるまに街にひろがった
川ばたの家をうきだした
しろい光がはしったとみえると
家のくろい屋根瓦がくだけてとんだ

とびこむ

布団をかむって
肩までつかる
首までつかる
とびこむ川

ゆみちゃんがうずくまる
じゃば
みんなうずくまる
じゃばっ

笹がはげしくもえる
竹やぶの家のカーテンが
家のなかでもえていく
竹やぶがもえあがっている

父が布団にかける水
どどう
バケツでかけてくれる水
どどう

母

母はおもくなった布団のはしをもちあげて
そとをみた

竹やぶの家
ゆみちゃんの家
街の家
柱だけになって
はじいて

もえている

母の涙がながれずに
鼻すじにたまっている

濠

県庁にはいる裏門の石垣によりかかったひと
よりかかったまま焼けてしまった顔
腰のあたりがまだくすぶっている
胸でちぢめる両腕
そこにひとりのちいさいこどもの焼けた体があっ
た
そしてまた足もとに
濠へ頭からおちそうになって
あおむけのひとが
口をあけてくすぶっている

門のうちにたくさんのひとがいる
はい　はい
と兵隊がさけんで
おにぎりをくれる

ぼくはもらったおにぎりひとつをもち
いっさんに坂をかけおりた

鎌

土間のすすけた仕切り板にかかっている
ながいあいだ外気にふれずに
頭からいろりの煙でくすぶられ
刃からすすでくろく

草刈りにも
わら縄を切るのにもつかわれない

知っている
すすけた刃にさわったことがある
こわい
やっぱりこわい鎌の刃だ
指でぬぐうとひかってくる

わすれられて
土間の仕切り板にかかっている
夏のあいだも
頭からいろりの煙でくすぶられ
すすをかぶって
かかっている

すてられるまでかかっている

それが祖父にはがまんできなかった

それが祖父にはがまんできなかった
それが母のせいともいえないではないか

福井で空襲にあい
焼けだされ
三里はなれた祖父の家にすみついたのが
だれのせいともいえない
そうではないか

それが祖父にはがまんできなかった
たしかにがまんできなかった

しかし母にも父にもつらい日びではないか

父は新聞配達の仕事をうしない
仕事をさがし
焼けあとをあるく
くずれるように土間にはいってくる
それは父がわるいからではない
ましてなんで母がわるかろう

母のうしろについていてぼくも野草をつむ
田んぼ道をたどっていく
鎌をおく
布袋につみ草をつめる
そうして夕方　祖父の家にかえる
ぼくらは焼けだされ
冬をこして春になる

祖父よ

あなたは息子たちが野良にでたあと奥で横になろうとした
あなたは年をとってはたらけなかった
あなたは中気にかかっていた

あなたのこころはしめりきって納戸のくらやみにふさがれた
あなたのこころはだれにもかまわれぬさびしさでふさがれた

あなたはやにわに鎌をつかみぼくの母にとびかかった
あなたはやがてたちまちおさえられたが
あなたは鎌をふりあげたまま泣きふるえた

いつのまにか

ハーモニカがふけるようになった
ベースはいれられないが
音階は正確だ
音階と
吐く
吸う
がすぐに一致する

どんなうたでもふけそうな気がする
どんなうたでも呼吸が一致しそうな気がする

ドレミファソラシドとふけるようになった
吐いて吸って
吐いて吸って吸って
ドレミファソラシ
それを心得たのがふしぎだ
どんなうたでもふけそうなのだ

ハーモニカをもつようになった
だれかがつかいあきて奥の部屋にすてたものだったろうか
蔵のなかでみつけたのだったろうか

蔵からでて
廊下をそおっとあるき
納戸の祖父に気づかれぬようにして
板の間のガラス戸から屋敷にでる

いつももつようになったハーモニカをふく
どんなうたでもふけそうなのがふしぎでならない

うつすもの

秋であったか
冬であったか
つめたい足さきを意識しながら
ぼくはひざをちぢめて
母のからだにしがみついた

蔵へつうずる廊下
ふかい闇のなか
ぼくは胸もとにしがみついた

父はまだ仕事からかえらなかった
廊下にしいた布団のなかで
ぼくは母のすすりなきをきいた

母はないた
母はないた
おさえようとして
のどもとからなき声がでる
ぼくを頭からかかえてないた
ぬくい涙がぼくの頬におちた
ぼくは急にないた

母と伯父のあいだで　ちいさいいさかいがあった
かやぶきのふかい軒がみえる納戸のまえの窓のそ
　ばで
わらむしろをしいて
つくろいをしていた母と
つかれて野良からかえってきた伯父とに
いさかいがあった

ちいさいいさかいがそんなにもかなしいもの
そんなにもつらいものなのか
夜になって母はなく
手をふるわせてぼくのからだをしめつけた

伯父らは寝入っていた
廊下の戸が風に音をたてた
戸のむこうの板の間
柱にかかった大時計
納戸の祖父母の部屋もしずまっていた

父はどうしているのだろうか
焼けてしまった福井へかよって
いまごろどこをどうしてあるいてくるのだろうか
新聞配達などありはしない
ぼくらは焼けだされてしまった

冬がちかい村のなかで
布団をしいて廊下でねむる

爆音
油脂弾
焼夷弾
ぼくらの家がはじけとび
竹がもえ
笹がもえ
機銃掃射のなかで
小川の水にうずくまったあの時から
なき声が母ののどもとからせきをきってでてきた
だれもこの声をけすことができなかった
だれのこころにもふかくひそんでいたのに
それはその時
のどもとからせきをきってでた

たえしのぶ母が
ぼくの胸にうつすものだった

ながれ

ながれ

つめたいあけがたに
音たてるながれ
かいどにでて
ひとり顔をあらう

椿の生け垣にそって
部落をながれる小川
川底の砂利がみえる　水

ふみ石ぎわになみだつ　はやい水

あやめ

みずっぽいあやめの花びらがひらいた
つきたった葉のうえにむらさきの花びらをひらいた
うわ水のすんだどぶのなかで
みずっぽいいくつもの花がさいた

馬

馬が水をはねる
川水をかけられ

からだをのけぞらす
うしろ脚をぴしっぴしったたかれる

馬は田をすいてきて
川へおいこまれ
四つ脚をあらわれる
馬は川底をひっかく

舟

あやめの芯のある葉にきれ目をいれておりかさねる
ながれにのって
石橋をくぐって
体をゆさぶっていく

イチジク

伯父兄弟ははげしく喧嘩になった
ひと言くちばしると
いきなりかじっていたイチジクをぶつけあった
イチジクは窓にあたりくだけちった
掃除のあとのぬれた板の間にちった

皮

枝には刺がある
つやがないグミの実
うすい皮を
そっと口からだしてみた

梅の実をつむ

雨みずがたれてくる
梅の枝にぶらさがる
こぶに爪さきをつけてのぼる

音

父がひとり
銭《ぜに》をかさねてかぞえている
布袋の口をひらいて
アルミ貨をつかみだす
はだかの背中をむけている
ぱちん　ぱちん

蚊をうつ手の音ではない
あるきつかれた父が
布袋をひらいている

声

祖父は雨戸をしめきったなかで
布団をのけて
お灯明をともした

なあ
あむ
あみ
だあ
あん
ぼおお

なああ
ああむ
ああみ
だああ
ああん
ぼおおう

祖母はお経をきいて
いろりの火をもやす
母とことばをかわす

祖父が家に朝をしらせた
経書をおしいただいて
壁にはめこまれた仏壇にむかう
声たからかに

疎開

ぼくはねむったところだった
はっとおどろいて
母のこえをきいた

のぶちゃん
のぶちゃん

腕をとられて
ゆさぶられていた
母に呼ばれて
すぐにもこたえようとした

一九四五年七月十九日夜十一時　福井空襲

そしていま
村に木枯らしがふいている
父は焼けあとの街で仕事をさがす
灯りがひとつ
納戸のまえの板の間をてらしている
父は銭をかぞえている
口をひろげた
手ぬいの布袋
アルミ貨の一枚一枚

祖父は老いて
中気を病んでいた
だれにも顔をみせず
納戸に灯りさえもともさない
祖母はいろりで火をもした

おめのとうちゃんはかいしょなしや

おめら
これからどうするつもりや
伯父たちは心配した

昼飯のとき
伯父は畔道で出会った伯母をつれてかえってきた
母はわらむしろを敷いて
箱膳をならべて待っていた
寝巻きのつくろいをして

伯父は飯をみつめながら
箸をとった

とつぜん言った
うららみじめじゃ
おめらはそうしてあるじのように飯を待っている

のぶちゃん
のぶちゃん
なさけない
かあちゃん　なさけない

母は呼んでいた
母は呼んでいた
ぼくはとびおきた

竹やぶが音たてて
煙につつまれた
瓦や土がとびちった

ぼくらの家はもえおち
土地は借りたものだった
村へうつしたひと重ねの夜具ぶろ一棹の桐ダンス

あくる朝
陽はたかく照りつけた
田はそよぎもせず

父
母
ぼく
ぼくらは最初の夜を寝た
祖父たちは涙をながした

八月十五日　終戦
やがて稲刈り
はさ掛けがはじまった

ぼくらは裸足になり
稲束をかついだ
夜がふけても

あたらしい年がまもなくくる
やがて陽ざしはふたたびあたたかく
板の間に流れてくるだろう

ぼくはこうり弁当に菜飯をつめて
学校へ行く
今日も
明日も

蔵につうずる廊下に布団を敷く
ぼくらは寝る

母が呼んでいる
母が呼んでいる
ぼくを

出郷

わたしはいま福井を発とうとしている
わたしはあたたかくひとを愛して
送ってくれる仲間たち
祝ってくれる仲間たち

初あられがあったあと
わたしは発とうとする
送ってくれる仲間たち
祝ってくれる仲間たち

欅の木が幾列にもなってならんでいる
水仙やつつじの花が工場の庭に咲く
機械のなかではたらいている仲間たち

煙突の煙りのしたの仲間たち

やがてまたみぞれまじりの雪がくるだろう
雪のふかい日がくるだろう
雪のふるなかにわたしがきいた福井のうた
仲間たちの声

わたしは紡績工です
わたしは紡績工場のうたうたいです
わたしは緑の会の会員です
わたしはゆきのした文学会の会員です
そしてわたしは民主青年同盟の同盟員です

わたしの未来にしあわせがあるように
わたしのふるさと・福井にしあわせがあるように
わたしの伯父にしあわせがあるように
祝ってくれる仲間たち
送ってくれる仲間たち

顔をあげて

福井県社会福祉会館ホールにあふれるばかりのうたごえが
ホールのかたすみで『ゆきのした』をならべている
ぼくの胸にしみこんでくる
あかりがついたホールをうずめる二百人の青年
うたごえに和してながれる二台のアコーデオン
「沖縄をかえせ」
「心はいつも夜明けだ」
「アコーデオンがつぶやいた」

一九五七年のある夜
婦人青年会館ホールで
どんぐり合唱団が創立二周年の集会をひらいた
ぼくははじめてさそわれて
電車にのってやってきた

みどりの垂れ幕のまえに福井の若者たちがならび
うたいつづけた
きいたことがない　しかし
力づよいリズム

ぼくらは「東京――モスクワ」をうたった
ひとりのアコーデオンのひき手がたって手をふっ
　た
あおい紙にガリ刷りされたうたをみながら
うたをおぼえた

だるま屋百貨店のわかい女性が
シュプレヒコールをやった
おはようございます　御来店のみなさま
ひとりが一歩まえへでていう
すると　ひとりがいう
ようこそ　いらっしゃいました

かの女たちがどんな気持ちで一日のしごとをして
　いるか
かの女たちがくよくよせずにはたらいている毎日
　が
どんなものか
だるま屋百貨店のわかい女性たちが
一列にならんだ

一九五九年ごろ
ぼくはあのなかまたちといっしょになった

週に一度
労働会館の部屋を借り
うたをうたいはじめた
床板をならし　手拍子をとる
机をはさんでむきあったなかまたち
アコーデオンをはさんでうたったなかまたち

ガリ版の仕事のあとでぼくは疲れていたが
こころがひとつになったように感じた

楽譜をガリを切っていそいで刷った
一枚一枚ふえていった

くらい夜であった
夜がふけて
ひえこみに気がついて
うたをやめた

口ずさみながら家へかえっていった
ぼくたちはうたをたやしはしなかった
ぼくたちははりきった若者　民青同盟員であった

結婚まえにはぼくは佐代子とふたり
腕をくんで「てのひらのうた」をうたった
こころすむまでうたいつづけた
佐代子はどんぐり合唱団の団員であったので
いろいろのうたをそらでおぼえていて
うつむきがちのくちびるからうたがでてくるのだった
ぼくはおどろいてうたをあわせた

結婚して
佐代子は公立保育園の保母になった
ぼくはゆきのした文学会の専任になった

ぼくたちは息子をうみ
育てていった

社会福祉会館ホールをうずめている二百人の青年
まばゆいばかりのまっしろい舞台の壁
うたう勝山の青年
うちならす手

あたらしいアコーデオンのひき手たちをかこむ
うたうみしらぬ青年

このうた「沖縄をかえせ」
もえたってくるこのうた「わかもの」

ぼくはこのうたをわすれていた
ぼくは顔をあげる
ぼくはうたう

差し入れ屋のまえでうつされている国治のお母さん

村上国治さん
ぼくはあなたのお母さんの死を知りました

アカハタが
第一面に
あなたのお母さんの死を知らせていました

白対協や共産党のひとたちが網走《あばしり》刑務所であなたに面会し
つたえたとかかれていました
あなたは
しかしわたしをここから出さないだろうね　畜生

とひくくつぶやき
なみだでことばがつづかなかった
とかかれていました

つい三日まえに
アカハタへのあなたの手紙を読んだばかりでした
刑務所内の小川にマスが群れをなしておよいでい
　ます
海へはなった「ふ化場」の稚魚が
まいごになってのぼってくる
小さくてひょろひょろし
目ばかりでっかいのが
一週間もたつと
一人前の顔つきをして泳ぎまわります　と

結審後
わずかしか出すことがゆるされないあなたの手紙

おくられてくる「白対協ニュース」を
友からかりて
あなたの手紙を読んでいました

ある日
あなたは訴えの手紙といっしょに
あなたのお母さんの写真をくださいました
きいろいビラをひろげたとき
机におちた一枚の写真
裏に「差し入れ屋の前で　村上セイ（七九歳）第
　四回現地調査の日」とガリ版で刷ってあった写
　真です

村上国治のお母さん
糖尿病と脳軟化症でなくなられた
きのうあけがたになくなられた
六月のうす陽がさしはじめた

ひえた比布の病院の朝
あなたがほこることができた
お母さんの写真です

差し入れ屋のガラス戸のまえで
ちらっと横をみて
こころもち唇をひらき
ほほえんでおられます
立っておられるのでしょう
写真ははっきりとうつされていました

ある日
ぼくは写真をとりだして
じっとみていました
次の日もまたとりだして
じっとみました

どうしてあなたがお母さんの写真をおくってくださったのでしょう
二審判決のあと二年すぎたころ
あなたは月に一千五百通もの手紙をかいていたのでした

札幌へきて
白鳥警備課長を殺した犯人にされてしまった国治さん
このような認定は都合のよいことばかりをよせあつめたとのそしりをまぬがれないのであるが
こんな判決をいいわたされた
このままでは母が百歳にならなければ
私はシャバにでられない
とかく村上国治さん

太平洋戦争がおわって

はじめて自由・民主主義ということばを知ったと
　いう村上国治さん
土地をはたらく農民へ
村から村へと話ししてまわったあなたたち農民

朝鮮戦争がはじまりました
あなたたちは札幌の街にビラをはりめぐらしまし
　た
こごえ死にから道民を守れ
日本人のほった石炭を
日本人にたかせろ
アメリカは朝鮮から手を引け
あなたたちは政府と総司令部に要求し
燃料確保の署名運動をはじめました

一九五二年一月の夜
あなたはいつものようにねむっていたのでした

同じとき
雪道で
うしろからおいついた自転車の男が
白鳥課長をピストルでうって
にげたのでした

いわれもなく
二十九歳のあなたはとらえられました
あなたは獄中で四十四歳になりました

二審判決の日の夜
ぼくははじめて葉書をかきました
ぼくたちはいま安保改定反対のビラをはりました
三人一組になり
ひとりが傘をさし
ひとりがのりをつけたはけをもち
ひとりがビラをもちます　と

おもいもかけず
あなたのお手紙がとどきました
安保ぜったいふんさい
お手紙のことばはぼくをふるいたたせました
次の日にぼくたちは二百人
息つぐまもなく
東京・国会へむかって発ちました
岸信介は改定を強行しました

あなたはついに殺人犯人にされてしまいました
あなたは二十余年の獄生活をしいられました
あなたは雪の網走《あばしり》へあゆみました
あなたは二通の手紙
一枚のお母さんの写真をぼくの手にのこしました
お母さんがたおれました

危篤がつたえられました
お母さんはたちあがりました
けれども
ほんとうにお母さんはたおれた
村上国治さん
あなたのお母さんの死を知りました

二十年たって

二十年たって
村にはあのかやぶきの家はなく
土蔵もない
大地震のあと　あたらしい家がたった
伯父の家は三年まえ火事をおこし

またたてなおされた

戦後まもなく　祖父は老いて死んだ
やがて　祖母が交通事故で死んだ
十五年のうちに叔父たちも結婚した
村には伯父の夫婦と子供三人がくらしている
二十年まえのように
田をたがやし

空襲にあい
疎開した
二十年まえの生活
杉の大木を背にした
竹やぶにつづいた
つばきとゆずの生け垣のなかの数年

ぼくは三十歳になった
ぼくはゆきのした文学会員になった
おさな友だちが『ゆきのした』を読んでいる
会のなかまになっている
ぼくはそっと村に寄り道した

見知らぬ子供たちがあそんでいる
たかい杉の木のあかい枝葉が
秋空にかがやいてたっているけれど
欅の木のいく本かはきりたおされ
田はうずめられ
あたらしい住宅　工場が
村をかこんでいる

母にひかれて田畑にでかけていった道
小学校へかよった一本道が
村のなかへつづいている

ぼくはもう村のひとにあいたくない
ぼくはだれにもであいたくない
村をはなれて十五年がたった
あえばはずかしい
あえばあたらしいおもいがわいてくるだろう
あえばあたらしい生活がはじまるだろう
けれどもぼくは伯父をたずねられない
屋敷がのぞけるところまできて
ひきかえす

秋の脱穀
もみすり
供出
二十年たって
男手ひとりになった伯父よ
ぼくは『ゆきのした』をもち
屋敷をふりかえる
稲束をせおってはさばへはこんだ道を
町へかえっていく

ねむろうとして

福井大地震のあと
半年がたって
一家三人
町の生活へもどっていった
町がたてた応急住宅にはいれた
六畳一間　台所つき
四軒つづき
ベニヤ板の壁でしきり
トタン屋根

土台は木のクイ

冬がやってきた
地震のあとに
家がたつ
ぼくらはよろこんだ

くずれた土台のうしろに
長屋がたてられた
機場が窓に接してたっていた

左どなりに独身の看護婦がはいった
右どなりにひとりものの中年の男がはいった
右はしには子だくさんな一家がすんだ

母は
土地の地主の機場で管捲き工になった

不況のなかではたらきつづける母には
毎日は仕事がない

やがてくろびかりはじめた玄関のあがり口
台所にいる母
天井をみあげる母

ぼくらはもううごけないのだ
借りる家がどこにもない
仕事がどこにもない

そうして
父が失業した
五十をすぎて　父は公営の日雇い人夫
つよい足にまかせて
三里の道を
朝はやく

福井へむかっていく
仕事がなければかえってくる
月十五日あればよいほうだ

ぼくらの家の横手に
川にかかる橋のしたに
洗濯場があった
川がふたてにわかれて
町家の裏手をながれていた
柿や杉の枝のしたを
生け垣の根もとをながれていた

いつからか
川のふちにたって
木のしたで
夜ごと大声でうたうわかい女に
ぼくらは気がついた

うたは「上海の花売り娘」
ふしまわしたくみに
鼻声になり
気合いをいれ
調子をつける

かの女はつらい結婚に同意して
気がちがって家へもどったと
うわさがながれた

だれも
うたっているかの女に
ちかづいたものはなかった
とびかかってくるといわれた

ぼくらはきいていた

ぼくらはだまって晩飯をとった
雑誌『平凡』をひろげながら
流行歌をうたった

ぼくは学校をでた
京都で友禅図案描きとなった
まもなく
肺病になって
かえってきた

かの女はもはやいなかった
かの女は地震の日たおれた家のハリで頭をうった
かの女は入院した
かの女は兄たちの苦労のなかで生きた
かの女は衰弱していった
かの女は死んだ

地震から六年たった
戦争がおわって九年たった

城下町　丸岡
しずかな町はずれの空に
冬の雲がたれこめている
ぼくはふたたび町へもどってきた
ぼくはよわい咳を気にして
ねむろうとしている

詩集『碑は雨にぬれ』（一九九一年）全篇

待つ

おまえの足音がする　妻よ
病舎の階段を急ぎ足にあがってくる
ドアがあく
ほかのだれの使い、用客とも聞きちがうことのない
おまえの足音だ

わずかの時のあとに
おまえはふたたびドアをあけ　足音を遠のかせる
きのうも　おとついも　さきおとついも
窓をあけて　おまえを見送る
前庭を通りへむかうおまえの背を送る
歩道を駈け
手をふるのに私もふりかえす
夜はさらにふかまる

勤めをおえ
バスを乗りついできたおまえ
ふたたび乗りついで
息子ひとりの待つ家へむかうおまえ
冬のさなかの夜ごとに　その足音が私をなぐさめる

わずかの時が　病む私をなぐさめる
午まえ　点滴のおわるころに　ときに母がやってくる
正午すぎには帰っていく
私の入院が
まえから体を弱めて入院中の母をうごかし

ひとりの暮らしにもどって
朝はわが子　私をたずねる
いつもより暖かい冬がさいわいしたが
母には　やや重いはず
が
いつのまにか体は　回復した

息子もまた　おとずれる
高校の校舎はちかいが
病院からの帰りのバスがちかくはない
父をたずね　母や祖母とも出会いつつ
一つの家族のかたちを　たしかめている

妻よ
かろやかなおまえの足音が
わが息子　わが母の足音ともかさなる
おまえの姿もまた　息子　母の姿とかさなってくる

交通事故後のたちなおりのなかに
私は病みながら
おまえの苦労をつよめつつ
おまえの足音を
待つ

そのとき

妻よ
金沢の街の義父《ちち》の危篤のかなしみに
おまえにかけることばを失って
どこにもない
見えないものを　探している

豪雪のさなか

雪よけのむなしさと重さに
その日が見えなかったことを
いままた　くやむ

死にいたる病いのひそかな進行
はじまった豪雪のあとの街路の修復
春三月
あさの散歩に　義父《ちち》は　いつもとかわりがなかっ
　たという
さわやかなほほえみをうかべて
遠景を見すえたという

妻よ
豪雪の年に
冬は一つの区切りのよう
ひとときひとときのつらさを
一歩一歩のあゆみを
さけることはできない
義父《ちち》の　病床に寄って
互いの時間をこえて
探している
ことば

降りしきる

大雪の
日はながく　降りしきる日のつづく
しなだれ
雪の下からのぞいて垂れる椿の葉
庭の生垣が消える
雪のやり場がなくなるのだ
積み上げるほかにない　それでも
積雪三一、四〇、四八、四八、三八、……

と
重みにきしむ日び
不安にしめつけられて瓦屋根にのぼる
おののきの瞬間に雪は壁をなして
軒下にわずかの透間をつくるだけ
家はうずまり
雪もまた積もるに容赦ない
全身で冬をこなしていく
全身で一日を生き
またも冬の日があけたとき
雪降りしきる敦賀半島にも
冬の日誌の奥ふかく沈黙し
凍結した国道でハンドルをとられた車のつづく朝
重なるニュースを伝えて
五六豪雪
日はながく
降りしきる日のつづく

冬の日誌

雪はなかなか消えない
雪はしつようにかたい壁をくずさず
雪捨てのあとにも
軒をこわした家のかげにたつばかり
それでも
日ざしのなか
ゆらゆらたちのぼり
ひろがる春の蒸気
点々のこまかいまちの雪原に
ふとたちすくんでしまった
雪のあざやかな照りかえし

敦賀に

凍てついた街に
海をすべって
かつてない雪の季節
半島は
山なみはしろく
とぎれがち

ドームはみえない
建屋《たてや》もみえない
建屋のなかのひとびともまた
ふさがれた？　雪に
ふせぎきれなかった？　雪を
どちら？

ふりつもって
ながい年月あわあわと
安全をいいつづけてきたものの
いままたかくしつづける雪の季《とき》
敦賀原発《げんぱつ》の
冬の日誌

海

そうと気づいて
これまでおもってもみなかったこわさがひろがっ
た
いまあらわしようもないもの
それは海
お茶をのみながら
灯りのなかで語らう
よせあった隣家のあいだを
一歩ふみこめば　もう
なだらかな坂道のつきあたりで息をしている

たしかに家を一歩でれば
そこに巨大な海がうずいている
夜でも
海は海だ
海のある村にはあたりまえな海が
まるで無いかのように錯覚するときのある
とつぜんに聴こえた潮騒に
おびえおびえる

問いかえすまでもなくくりかえしていく
まさしく海のかたちでおしよせる波
漁船は陸にあり
魚を追う岩場に人はなく
村をはなれる青年を追って海は波だち
村びとたちの目のするどさにとまどいつつ
きょうも　きょうも波だつ
ずぶぬれの原発ドーム

つながっていく若狭湾の十三基
海は一刻としてあるべき海ではなく
村びとたちの不安をきりきざんで
かなしい村びとの胸のうちからとびちり
消えてしまった

山村

陽がおちるころ
車体のかがやきをおとした車が
列をなす若狭路の夏
はてしなく
つづく杉林は
一転して夜の帳《とばり》をおとす
入りくんだ浜に子ども

波だつ海に　ときに
夕空が照りかえすが
山のかげになって　村に夜だ

段々の畑をわずかに
人が行く
浜からか　山からか
肩にかける荷

以前
村道にバスがあった
軒下に小さな停留所の標識があった
会の仕事で友をたずね
バスをおりた村のはずれで
おもいもかけず友に出会って

二人は歩く

父親があとにつづき
山刈りからの帰りという
一区の村びとがそのあとにつづいてきた

車も
つづく
海はあり
若狭路は山へつらなり
車窓の月が尾根を飛ぶ
声もなくひそんでいる十三基の原発
電灯が点々とせまり
山腹に沈む
山村の
真夏をまえに
若狭の闇
を見た

アンテナ

夜になると
こんな街なかでも
人通りがなくなる
若者たちの
催し物の会場からさえ
ざわめきが消える

こういう街だからこそ
朝　やたら目につくのだ
ぎらぎらと　水っぽく
陽ざしのなかに並び並んで立つ
アンテナ

けさは
けたたましくテレビが鳴り
人々は息をひそます
人々は待つ

となり町の原発増設計画

海風にのって
逃げようもないいらだち
軒という軒に反響するテレビニュース
アンテナ
はるかに
夜あけをついてつたわるシュプレヒコールの
あれすさんだ半島と海と村を見かえすように
ヒアリングをむかえた人の声　を　聞く

わたしはここに立ち

アンテナもまた
わたしの頭上を越えるように
無関係にも
山をとびこえる送電線を見ようとするが
風にふるえ
初冬のなかに
さらされている

道

道とは
舗装されたものをさす
車が往きかい
夜はヘッドライトに照らされる
黄線　白線が飛ぶ
それを道という

いつからか
道に人はない
林の山中をぬけ
あるいはとげとげした岩場の海辺をひく
波のしぶきでか　ねばねばした半島がのぞく沿岸
を
村は町とはいえないが
林道にとってかわって走る道

いつからか
その道に歩道もなく
片側は緑地帯
片側は工場地帯
砂を林を掘りくずし
国道さえも高台をぬう裏通りになった

道がないために　若狭では
海路をつかって　舟をこいだ
海とともにあった人たちは
水揚げの日に
タイやキスのはねるよろこびはあったが
たしかに
道がないために
求めつづけてきた道
道があれば何もいらない、とまでの切なさ
それでも
知って
沈黙した
道をつくる力が
はるかにつよく原発をつくる力につながった
ああ　道
浜の　日本海のさらに波荒い越前
冬はまたたくまにやってきた

臨工一号道路
一直線に
はるかに火力発電の煙突をのぞみ
一方に石油備蓄基地をかくして
二十七のタンクのすべて
道が道としてそこにある
直線道のかげ

一般の人通行禁止
工事中通行禁止
全線駐車禁止
速度制限
やたらと標識が立つ
町から切りはなされて
並びはじめた社屋、工場の
車がときたま走るだけ

そこへまた
臨工どころではない
石油備蓄どころではない
核燃料組み立て工場の計画がでた
今
なんと言おうか
核燃料棒
ノズル
枠が組み立てられ
車に積みこまれて
原発にむかうその道を
今

道を
人は問いかえす
道とは、と
車をおりてみた私の視野

わずかにあおい空をのぞかす雲の厚さ
雲を映しだす雨後の道
はてしもない直線の
道の音を聞く

しろい空

1

ある夜
寝床の中で
はっきりと
あまりにもあざやかに
父の面影を思いうかべた

かつていちども涙をもたなかったのに

とおい父を呼びもどすように
すぐ目のまえでその寝姿を見た
寝床の中でわたしは目をこらし
またも
父を呼ぶ

2

晴れた
冬の朝
仕事場へ来て
父は
たおれた
なかまたちがおどろいて
ストーブのある部屋へ
あわててかつぎこんだ

二度目の発作だった
動脈硬化症
脳卒中後遺症
慢性心不全
一六〇から二〇〇ミリの高血圧
右手側の不全まひ
こんどこそ
生涯はたらけまい

もうもとの父ではない
よろよろと
箸をもつちからもなく
いつもねむったようにしている

わたしは
どうしてよいかわからない
どんなすべもない
朝一度病院へいき
火鉢の炭をつぎ　灰でうずめ
かんたんにそうじをした
そしてふたことみこと声をかけ
わたしのしごとにもどっていく

この入院は
たしかに様子がちがっていた
二か月たっても
いつものように
しゃべらないし
なにも
たべない
ベッドからおりて
よろよろした足で
もろくもたおれる
そのことよりも
まるで食欲がない
それほどの衰弱がある
二か月もすればちからがでてきていいはず
なのに食欲がない
そればかりか
すこしの食事さえ
うけつけない
衰弱のいっぽう

3

そういうときに
どうあるべきなのだろうか

顔いろをかえず
あるいは人知れず泣くべきなのだろうか

そういうときに
医師に黙礼し
音のたたぬノブをひいて廊下にで
医師のことばを胸のうちにくりかえし
ながい父の病室への廊下を
はるかにながめるべきだろうか

そういうときに
それをだれにも話さず
ただひとりの胸にひめて
おもいつめるだけなのだろうか

　二階のながくつづく廊下の窓から外を見る
木造の病舎をかこむ木の葉がかがやいている

きいろ
いや　しろいといったほうがいい
わずかに夏の風があり
まるいポプラの葉がいちどにうらにかえる
病舎にせまるうしろ山の
なぜそんなに
なぜそういうときに　しろくかがやくのだろ
う
そういうときに

あなたの転院三日目
あなたのそばにいるとき
ちょっと　と　看護婦によばれ
いきなりあなたのレントゲン写真を指さされ
医師に言われた
　——胃がんです
手術は不可能です

ご本人には言わないほうがいいでしょう
——それで
　あといのちは?
——三か月です

そういうときに
ぼんやりしていていいものだろうか
ほんとうにどうあるべきなのだろうか

4

父の病名を知らせはしなかったのに
こんなにあいついで来ることはないのに
そろそろ田んぼのいそがしい身で
老いた不自由なからださえひいて
父の妹弟　義妹弟がやってきた

第二発作の入院ということは　それだけでさとら
　れるのか
大病院へかわったことで　それだけでさとられる
　のか

にいさん　えらいめにあいなるのう
気いつようもって
はようようなってやあ
なんてえかわいそうに

ほろほろと涙をこぼし耳もとではなす人たち
ききにくい口で　のどから声をしぼってはな
　す人たち
あいさつするともう言うことばをもたない人
　たち

そんなにもこころからのかなしみがその人たちをおそうのか
そんなにもかなしいものがその人たちをおそうのか
そんなにもかなしいものが父の目からさえこぼれているではないか

ながいぶさたの時間がいっきょにいまその人たちのあいだできえていく
それがわたしにはなんだかわからない
そういうわかれのときだ
わかれのときであるからこそつよいかれらのきずなだ

5

寝ている父のヒゲをそる
ゾリゾリと
すこし痛そうである
なのに
とてもうれしそうでもある
ゾリゾリと
すこし痛そうなので
なんとかごまかして
あれこれ言えるが
もしなにも音がしなかったら
そんなことでもなかったら
わっと泣いたかもしれない

6

このとき　くらべようもなくおおきい決断をしい

られる
このとき　わたしはかなしみをわすれる。かなしみをわすれ　かなしみとはすこしもかかわらずふるまう。

7

何年ぶりかに
この道へ来た　堤防へでた　川へでた
べつになつかしいのでもないけれど
いつもは往来のはげしい県道を走っているから
前もうしろも車だから　橋をわたってもこの川をながめはしない
ながめてはおれないのだから　川はただ鉄橋のかかったところでしかないのだから
味もそっけもないのだから

だがいま何年ぶりかに県道をそれて堤防道へきた
ひろい河原にでたときの
気もちのひろがり
川っぷちに立ち
さざなみの音をきく
もうこの川べりまでおしよせてきた街の風景は堤防にかくれ
大空は夏のさかり
しろじろと

一塊の骨

いま
あなたの名がきざまれた墓に
父の一塊の骨をおさめます

草をとり
母とわたし
妻と息子
かわるがわる水をかけます

ものごころついてから
ただの一度もお会いすることのなかった
二度目の結婚のあとわたしたちとはなれた
どういうものか父さえ会うのをえんりょした
祖父と呼ぶにはあまりにも遠かったあなた

いまやっと
あなたをおもいます
わたしのこころの中のはるかなあなたのすがたが
　父とかさなります
あなたの死の日のことをはじめて知り
父がいまわのきわにさけんだ声がよみがえってきます
あなたのいまわのきわのさけびでもあるかのよう
　にわたしにはおもえて

あなたの命日の日
父もまた危篤になったのです
――おじいさんといっしょな顔んなった
――おじいさんがよんでなるんやぁ
叔母たちがささやきました
あなたと同じ日に死ぬかもしれないのでした
期せずしてあなたの死の日のことが叔母たちの口
　からでました

あの日ようやく陽が中天にのぼったころ
あなたは見つかりました
山門の焼けくずれた
瓦の二枚、三枚のその下から

くろこげの
頭巾のままに

あなたは瓦をよけてもらいました
しかしやがて一台のトラックがきました
――ほとけさんを　どうしなるいの
声をかけた男たちの手で
そのまま荷台へほうりあげられました

それっきり
一塊のお骨も残されず
どこかへはこばれ
同じめにあったたくさんの人たちと
焼かれてしまったのでした

あの夜あなたは
どんなにして逃げたのですか
あなたが逃げようとした西別院には
空襲第一弾の爆弾がおちていたのではなかったの
　ですか
火が病身のあなたをこがしはじめたとき
あなたはひとりだったのですか

肉親といえども
ひとりひとり
ちりぢりに
ならねばならなかったあの爆撃のさなか
祖父よ
息子、孫たちもまた炎の中にいたのです
直撃をうけて一瞬に火になる家を見てどうてんし
しゅるしゅる音たててもえひろがる屋敷の林には
　ばまれ
川の中にひたり
身をまもるほかなかったのです

ふりそそがれたいく十万の焼夷弾
一戸あたり七、八発の割りあいというその弾雨のなか
父は家族のからだに水をあびせるのでせいいっぱいでした
あなたの死を覚悟していたかもしれません
助かるまい　逃げきれまい　そうおもったかもしれません

それ以上にあなたをおもってかなしかったにちがいありません
そしてまたそれ以上にあなたもわたしらをおもってかなしかったにちがいありません
草がもえる
草がもえる
いまわのきわで父がさけびました

三十年間
かつてあの日のことを話すことのなかった父が
あなたがあの日あのようにさけんだようにさけんで
あなたの死のかなしみを秘めて死にました

あなたのさけびがきこえます
父のさけびがよみがえります
あなたの顔を知らず
声を知らないわたし
なんというかなしいことでしょう
あなたの直系の血すじはわたしのこころのどこにもなかったのです

あなたの名だけがきざまれた墓をかこみ
草をとり
孫のわたしと母

妻と息子
かわるがわる水をかけ
祖父よ
かつて
そういうことすら
なかったのでしたね

綿の碑

綿の碑というものがあるだろうか
そういう碑がひとつぐらいあってもいいだろうか
綿を焼く
ちりちり焼けちぢれる綿を見る
ああ
まぎれもなく三十年をたちかえり
それはあの夜　空襲で焼けちぢれた綿
たちまち逃げ場をうしなった父らの
からだをおおって焼けちぢれた綿となる

たしかにそれは布団の綿であっていい
母とともに母の家からきた布団であっていい
村のにおいがする
木綿の格子縞の掛け布団であっていい
母が掛け　父が掛け
わたしが母に抱かれた冬の夜の布団であっていい
その綿の碑をわたしはもとう
焼けのこった綿にいままた煙のたつことのないため
綿のちぢみあがるそのままに
そのいきどおりを碑にしよう

火がおちて
焼けのこった綿があればいい

そういう布団の布切れともども
なにかちいさい額にでもおさめよう
そして人目のつかない
わが家の壁にかけておこう
それを綿の碑とよんでいいだろうか
たしかに気持ちのいいものではないが
ちぢみあがった姿そのまま
息ぐるしい想いをこめてもいるではないか
綿はにおい
わたしはまたも逝った父が想われる

雨

梅雨の末期
深夜
しとしとというにはあまりにもつめたいもののある雨
雨はふりやまない
それでも
人びとはずぶぬれの体を震わせて
明け方の火の街にたちあがっていた
ふりつづく雨は人びとの肩をうち
心をうち
人びとは寒さと恐怖に泣き叫ぶ

わずか二万の港町　敦賀
わずか四千の家
いりこんだ湾の奥に
いりこませた山の中に
ふりつづく雨
空襲の火の手は山手からあがり
ぬれきった雨の街から人びとを追いたてた
雨が雷雨であればまだよかった

百機の爆音に負けつつ
はじける焼夷弾に負けつつ
雨がふる
おさな児さえ走ったではないか
老いた祖母も孫らをかばって　岸壁へ走ったでは
　ないか
雨は見たはず
その雨足で　その叫びを聞いたはず
走る子らに
祖母らに
茫然と立つ憲兵に
連隊兵舎に
アメリカ村に
アメリカ捕虜に
波だつ機雷の海に
緑ふかい山中に　雨

人びとはいまその夜を語る
そしていまも雨はふりやまない
雨よ
もっとはげしく夜を語れ
いまこそ
と叫ぶ人びとに
こたえて
語れ
その夜を

紙

紙のなかにひとりの兵士がいた
日びに戦況を
戦闘概図を記録した
紙は戦場の風でかたい音をたて

あるときは汗と涙のためにやわらんだが
彼はくる日もくる日も紙とむきあっていた
壮大無比の原野
荒あらしい中国岩山の一つまた一つ
あらわれる石の街
海のような大河
そしてクリーク
はてしもない麦の野であったりしたが
彼は恐怖にふるえつつ
記録の筆をとった
きっぱりした若者　婦人兵士をとらえ
あらわれた村人にとびかかり
家にひそんだ子どもさえとりおさえ
はるかに大きい組織にいどむかのように
弁解しようもなく敵国人の殺りくにいどむ
敵国人
戦場掃除

文字と記号
地図と地名
戦果などは貴重な紙にはむなしくさえあったのに
またも
ふたたび銃声一発
彼は五十年後の紙のなかに銃をかまえた
こんどは回想の紙のなか
紙のなかの国の範囲
紙のなかの歓声と悲鳴
紙のなかの戦闘と悲憤
紙のなかのにじみから
銃声ははげしく
恐怖のなかに
いまも彼はくりかえす討伐から逃がれようもなく
悲劇を幻の背のういっぱいに背負って
記録の筆をとる
そのかなしみを

そのいかりを
彼はやはり兵士であった
紙のなかにひとりの兵士がいた

一九四五年七月十九日を忘れない

あの日をけっして忘れない
あの夜をけっして忘れない

千六百の人びとにとってその生涯の最後となった夜
六千の人びとにとって傷ついた体で立ちあがらねばならなかった夜
九万の人びとが殺され　傷つき　家を焼かれた夜
あの夜

二十五年前　七月十九日夜
人はあの夜の澄みきった福井の空を忘れただろうか
灯りという灯りを消した街でこそ美しかった夜空のあったことを忘れただろうか
あの時　防空壕から身をのりだして空を仰いだ人びとの心に　どんな決死の覚悟があっただろうか

あの瞬間の覚悟をしかしあざやかに思いかえさぬ人がいるだろうか
一機の不明な小型機が飛び去り
探照灯の光が一時に交叉した
あの瞬間に北方の空遠く聞いた百三十機編隊のアメリカ爆撃機の爆音
心底ふかく地鳴りのように強まるその爆音の前で
強いられた覚悟を

人はみな一丁の銃も一発の弾丸も持っていなかったではないか
人はみな綿ぶくれの頭巾をかぶり　脚絆を巻く間もなく　寝入りばなをたたき起されたままの姿だったではないか
人はただリュックか布袋をさげ　その中に位牌か貯金通帳を入れていたにすぎなかったではないか
女はただモンペ姿だったではないか
子どもらはただ子どもの夜だったではないか
女・子どもまでまきこんだ軍事訓練はなんのためだったろうか
砂袋をもつ訓練
屋根に水かける訓練
藁人形を突く竹ヤリ訓練
行進　敬礼
手信号
あの瞬間　爆音を聞いて
人は対戦の体制に入っただろうか
人は竹ヤリをもって構えただろうか

あの瞬間
どれだけの人が狭い半地下壕にひしめいてうずくまり
どれだけの人が老いと病の身にむちうってはいずり
どれだけの人が乳呑み子らをかかえて逃げ場を考えたことだろう

あの瞬間
二万六千の家を焼きつくした爆弾の炸裂　ふきあがった黒煙
あの瞬間

空一面に浮きでた爆撃機
あの瞬間
屋根を吹きとばしてはじけた家いえ

人は逃げたではないか
逃げずにおれなかったではないか
身ひとつで
手をとるのさえ忘れ
無意識のうちに群れとなり
すき間をさがして走ったではないか
子どもらは泣き叫び
親を見失うまいとして走ったではないか

その人びとのうえに
爆弾は容赦なく落とされたではないか
それはただ無防備な人びとの皆殺しではなかったか
虐殺ではなかったか

ある人は防空壕のその中で
ある人は家の前の水槽の中で
ある人は川ぶちの小岩にはさまれ
ある人は大通りの砂利をかぶり
ある人は境内で　学校で
そしてまた　ある人は城址の石垣に爪をかけ
ある人は鉄筋のビル　酒づくりと繊維工場の土蔵のかげで
ああ　ありとあらゆる形ある物のかげで
焼け死んだではないか

あの朝
不気味なほどの暗さと静けさ
ふかい靄のようにあたり一面にただようものがあった

靄ではなかった
煙だった
しかし煙というものがそんなものとは思ったこと
　もなかった
煙のにおいはなかった
息苦しくもなかった
人は見た
無数にちろちろとあかい炎が地面をはっているの
　を
無数の小さな煙がたちのぼり
空をおおった煙のなかにくわわるのを
ああ
おお
折りかさなり　逃げ場を失った姿で燃えていた人
背をこごめ　その下に子どもをかばって燃えてい
　た人
くぼんだ眼《まなこ》から　煙がとめどもない涙のようにた
　ちのぼっている
城あとの濠のすみに
ちぢれた草の下に　顔をかくして浮いていた人
ひとりではない
体をからめあって
石垣のかげに
あそこにも　ここにも

もはやさからう力もなく
追いつめられた人
橋から落ちた人
川を流れていった人
傷口もあらわに
流れていった人
ああ
あなたたち
あなたたちをけっして忘れない

あなたたちが見ることのできなかった終戦
あなたたちが知ることのなかった戦争の結末
あなたたちが生きて見ることのできなかった戦後
　二十五年
生きてなお正しくむくわれなかった苦闘の日び
その途中に死んだ人びと
そのすべてのことをはっきりとあなたたちに伝え
　よう
だが
あなたたちはあとに残った肉親や子どもたちを愛
　しんで
あの夜あげた叫びよりも大きい苦痛にみちた声を
　あげるだろうか
あなたたちの悲しみの声をふたたび聞くことはで
　きない
かつてあなたたちを殺したものにだまされはしな
　い
いままた　あなたたちにむかって語りかける
いままた
誓いあらたに
語りかける

碑は雨にぬれ

あなたはきょうもまた太い高い木々を見あげてい
　るか
碑はまさに見あげるのにいい位置にあって
ざわめく葉にかこまれながら
糸のようにふりかかる雨をうけている
たしかに
屋敷跡に人けはなく

かつてのように咲きそろう花もない
生垣は消え
しきつめられた赤土のなか
あなたと重治のふたつの碑

スギやケヤキのあいだから
東の方角にまぢかくせまる山々が望まれ
あまりに高く見える山のために
丸岡の町並が沈んで見える
ふりかえって
西の三国《みくに》の海の方角には
地平線いっぱいの夕陽
何ものにもさえぎられることなく望む空がある
あなたはきょうもまた　高い夕空を見あげている
か
三十年たったいまにさえ

雨あがりのあとにもあのようにかがやく夕陽
あなたはうたう
碑は雨にぬれ
あなたの心は陽にかがやいている

碑はあなたの詩をきざむ
碑をつたう雨
中野藤作　とら　重治
あなたとともにあった人たち
碑は呼んでいる
呼んでいる
うたっている
〝花もわたしを知らない〟
あなたの思いを

だが
それこそあなたでなければうたえなかったものの

ように
〝なんと美しい夕焼けだろう〟
人間らしく生きようとしたあなたのうた
時代に生きた　はるかに高い旋律
それこそあなたのつよいちからでひびいている
太い高い木々を見あげて
碑の前に立つなかまのこえごえとかさなって

碑はいま雨にぬれ
あなたのうたに人はこたえ
いま碑は雨にぬれ

風のうた断章

1

足羽川《あすわ》を風が吹く
堤防から　石段をおりると
煙が　庭を舞っていた
そこにも　風はあったのだ

あなたの
裸になって　焚き口で
終日　窯からはなれられなかった　あなたの
米粒をかじってまでの　その集中
その人をつつんだ　風の光景

2

風のなかで　アルバムをめくったとき
あなたは
風におびえた　眼をしていた

列の端に　立って
細めた眼から
悲しみさえ　うかがえた

アルバムを閉じると
首をかしげたあなたが　消えない
礼儀ただしく
和服姿で
世の風を　さけるようにして
心のいたみを　かくそうともしない
風は鳴り
あなたは
きまって　耳をすましている

3

風のせいか
町端にも
爆撃下　はげしいばかりに
焼夷弾が集中した

通夜の夜の
ぽつんと灯明のついた
陶房は　もえあがった
わずかな遺族たちが　声をあげ
あなたの手
あなたの閉じた眼にも
空襲が

焼けおちた朝に
火葬場へ　はこばれたあなた、陶工芥山《かいざん》の
あらためての　茶毘のなか
すすけた風が

ないで　いた

4

四十五年の歳月を
風は　こともなげに語る
遠く　川上からわたってくる風は
まるで
ならわしのようにつめたく　つよい
街は　すっかり変わったが
風のように
窯跡は消え
川畔にも　人かげはない

駅

帰りの高速バスを待って
駅にいた
深夜
十時を過ぎて
東京駅の
軒並シャッターがおりたなかに
まだ開いていた　レストラン
年に一度の会合に
全国から集まってくる
やあ　と声をかけあう
そして　あすには　だれもが散っていく

それを承知で　集まる　互いの会

私も一人
鞄には
ノートのほかに
一年分の会誌を　つめ
一年分の感想を　胸にして
手にもつものは　ほかに　何もなかった

会誌を出しつづけること
ひろがる　グループの活動
互いを語りつつ
結びあう
守りあっている
心さわいだ　詩人会議の
一日

東京から　発つ
心のうちで　切りかわるもの
私には　なれないその一歩
静まりかえった
長い通路から
地下へ　おりた
レストラン
間近の椅子にも　一人
考えこんで
メモをとる
若い青年が　いた
ここから　発つ

時を計る　高速バス
時は
かけあしであった

詩碑

除幕のあとの
静かな日々
ある夕方に　妻と詩碑をたずねた
身近な人よ
こんにちは、と言いたいのに
断崖の松林　茂みにも夜はまぢかく
遺跡にも似た遊歩道に
いま水平線に沈みかかる　初夏の陽
まさに斜陽が　丘を射た

活字をうつした
詩句は真新しく
見あげる者の　胸に　たちかえり

ゆさぶられるのは　わたしたち
これが詩よ
これが歳月よ、人生よ
海風に
吹きさらされる
詩人則武三雄《のりたけかずお》の　声をうけとめ
そして
いま　陽はまぶしい

日本海は波をたてず
水面の
風紋のような光の輪が
声なき声で　合唱する

詩集『溶けていく闇』（二〇一四年）全篇

Ⅰ

非炎

一九四五年七月一九日　福井空襲

一本一本　柱には見えないのだ
音がないのは　柱が柱だけだからだ

炎の形　家とはいえない形
炎の家　形とはいえない家

音がなく
音も死んで
人も死んで
あるいはかろうじて生きて
地の底から
柱のわきで
分けあってたつ炎

消えてしまったのだ
亡くした人を探している

音は　人がいるからか
炎は　人が生きているからか

九歳の私
炎が消えて
炎をさがしているのは私なのか

消えてしまった炎

消えてしまった炎よ

炎をかくして
柱が立とうとする
目をこらしていると
炎がない
人は柱をかかえて
くすぶって

くすぶる柱はただの柱であるにすぎないが
人に炎がないのも
人がただの人であるにすぎないからか

炎

炎のかたちを
なさないもの

まっかっかぁや

つづくものとしての命　命あるものの自らのあすを知らないもの。ふかい夜の眠りを起こされた私の　命はいま　目覚めて　動悸をうって。

——あっち、よいさかい、あっち、ほやほや。*

大通りへ抜けるには　路地を抜けねばならない。立ち並ぶ家の間を　私の命は走りまわる。隣も前の家も　親たちもあわてふためいて　飛び起きたばかりの布団を脇にかかえて。

建て込んだ家の間を　地面をかけめぐる　いくつもの家の命。灯りを止めた街の　夜空高く　一機が流れたのを目でとらえた命は　さらに街を襲いかかる爆撃機の編隊をとらえなかった。

爆音を聴かなかった命は　街に光を呼び込んだ一発の照明弾に心奪われて息をのみ　続けさま街を取り囲んでつぎつぎに炸裂する地響き　ひろがる白煙にうろたえ　すべて止まるべく運命付けられた。

瞬間に飛び散り　破片が頭巾をかすめたと感じた命が　五十メートルの地面を跳ねて　隣り合わせた屋敷の林めがけて走った。目の前の屋根を突き抜けた爆弾が　ガラス戸の部屋で炸裂　真っ赤な火炎がうずまき　命は逃げ場をなくした。父が母に叫ぶ。

――まっかっかぁ、けぶたい、しぬなぁ、もってるものはほんなげや。*

つづくものとしての命　これを命脈と呼んで私の命もつづいていくか　私の命。

命びろいとは何か。命あるものの自らのあすを知らない。荒れ狂う弾雨のなか　とりまいた火炎のなか　雑草と小川に沈めた体　水がわずかに命を沈ませて　私の命は小さく沈んでつづいていた。

湯水となった川をはさみ　家のすべてが火柱となり　火の粉を飛ばす一角で　私の命をつづけさせたのは　母という命だが　つづくものとしての命の証しとして　私も一時は失神しつつもそれを証せたのだ。父もいた。

――おとろしい　まっかっかぁや。*

そして命は　六十余年をつづけて　今その心を書かせる。私の命は詩。人生にかかわりを理想とする詩は　私の動悸　私の命脈。

＊　叫び声は福井県嶺北の方言

あおう　あおう　あうう

あおう　あおう　あうう
深夜の空襲から明けていた
なのに　まだ
ちろちろと立つ火焰のかたまり
軍隊がおにぎりを配るからと伝わって
城の石垣の中へとつづく坂の道を
駆けあがった
両脇を見ないで
走ろうとして
すくんだ足でころびそうになりながら

すくんだのはわたしの心
両脇をすくめて叫んでいる幼な子
あおう　あおう　あうう
泣いているのではない
いっぱいに開いた目と口
叫んでいるのではない
目と口から吹き出す火焰の声

城に近い大通りから入り込んでの二軒家
わたしにも長い年月
軒を寄せ合い建つ
昼でも影を落とす竹林

隣家の屋敷の椚林に
軒下にコケはひろがり
落ちた柿の花がびっしりと
藤の枝も地を這って
建てこんだ家のあわさで
わたしにもいた幼な友だち

あおう　あおう　あうう
声をかけようとしているにはちがいない

あおう　あおう　あうう
両脇をかためて　声をあげる子どもたち
父がいた　そこにも
母がいた　そこにも
かたまって
手をはなして
伏せていた

その体に
炎がまとわりついている
炎が両の目から立っている
炎が口から叫んでいる
ぼうぼうとした叫びは
涙なく　わめきもなく　何もない
その人たち
消え入るように
かっと開いた両の目と口のままに
くずれていくのだろう
音もなくころがるままに
立つ子らの足元で
地のひとつになろうとして

靄となった黒煙
呼吸を失った朝
爆撃のあと

命あるもののすべてをおおった火炎のいきおい
堀の水面いっぱいに
その火は何
幼な子は何
子を追う父は何　母は何

くずれた一瞬に何が見えた
くずれた一瞬に何を呼べた
地のひとつとなった心は
立ち上がるすべなく　もちろん
家を町をよろこびとするすべもない

あおう　あおう　あうう
未来へつながって消えず
ちろちろと立つ火焰そのものの肉体
魂もかたまり鎮まることはない

日記

日記という言葉さえ知らなかった
父が日記を書いていたことを知らなかった
庭から射しこむ陽ざしの下
縁側の隅に立っていた木製の本箱
木の蓋がしてあり
それが本箱と知らなかった

蓋が一度だけはずされているのを見た
クロス貼りの厚い日記がびっしりと並んでいた
棚は三段だったから
数えれば三十年分はあるはずだ

九歳の私に

父の青春の日記など理解できない
なぜ蓋がぴったり閉められていたのか
数えれば父は十歳半ばから書きはじめたのだ
なぜ日記だけの本箱があったのか

父は新聞専売所に勤め
町中を歩きまわっていた
その仕事がどういうものかを知らない
日記を日記とも知らない一人っ子の私に
父は中身を何も与えてくれなかった

日記というもののあることを知らなかった
本箱につめたままで
やがては私のために父はその蓋をはずして
一冊でも手を触れることを許しただろう

ついにその一頁さえ開けなかった

その夜
日記は炸裂し焼夷弾で燃えあがり
崩れた
きっとそんなに早くは燃えられなかったが
空襲の朝に燃えつきた何千ページの中の
父の心を知らない
もはや開くことができなかった父の心の炎を
私は知らない

こんな子どものもの

こんな子どもが戦争を意識しただろうか
こんな子どもがほんとうに
戦争をわかっただろうか

わたしの家

国旗はなく
それらしき戦時下の置物もなく
電灯のあかりを隠す布にさえ記憶がない
それは父や母がわたしからかくしていたのか
それとも九歳のわたしの心が
それに向いていなかったからなのか

深夜いきなり揺り起こされて
母があわてて服を着せようとするにまかせて
はじめて気づいた暗がりのなか
ラジオが放つ空襲警報に
くりかえされるサイレンに
灯りのない街で
すがりついた母の胸元で
子どものわたしはただおびえただけ
こんな子どもを襲ったのは何
こんな子どもをかりたてて
窓際の川へと走らせたのは何
こんな子どもを襲い　胸をふるわせたのは何

そして戦争
こんな子どもの腕を焼けただれさせたものは何
こんな子どもの頭をいっぱいにうずめた炎は何

写真

うばわれたものを戻せるか。印刷された二枚の写真。色はない。音を戻せるか。

空からの一枚。地をめがける爆弾。レンズいっぱいの白色の焼夷弾。瞬時にはねた画面の外のアメリカ兵士の　シャッターの指。そこにたしかな証しがあるか。吐き出され　吸い込まれるもの。間をおいての炸裂の火玉の上の。

地平の一枚。燃えあがって　燃えさかって。なぜ　人がいない。なぜ　繁る森がない。なぜ　夜がない。道はあるか。看板はあるか。屋根は　瓦は　窓は　戸は　玄関はあるか。形あるものの極限で叫ぶ　火焔をあびる人の叫びが　あるか。

六十年前になお写せなかったものを今戻せるか。投下され吸い込まれた爆弾の　すべての音を　地上の火焔　留まって燃えさかる音を戻せるか。写せなくて　写されない。落弾の地鳴りのなかの今を生きる火中の声。叫び。かつてありえなかった悲鳴を。

二枚の写真にわたしは聞く。わたしの夏の炎の色。わたしの足の燃えたつ音。肺の怒りをこえた動悸を聞く。まさに音を戻せるか。

まだ、遊べるか

私の一日は遊んで　こぼれはじめた岩肌のように　あるいは淡く雲がちらばる春の空のように私の心はまだ明暗の見分けもつかず　空襲下　父と母の生きの日にかくれて始まった。

それでも　二階の窓からひとり　物干し場に出て辺りの様子を見た日があったはずなのに　向かいの家も　それにつづく町の家並みも　まるで記憶を持たないでいる。窓の間近を流れていた用水が　隣家の竹林　雑木のなかの築山に流れこむその用水さえどこからきているのか　まるで記憶がない。

二階の窓から　陽射しをさえぎる柿の木の枝　別の窓から目下にあった木の塀垣　その家の主人を見たことがない。私の一日は　小路を抜けて出た表通りの家の　友だちとの遊びのなかで過ぎていく。二階の部屋に　若い母の嫁入りダンスが白く映え　小机が一つ　その上にガラス製の招き猫の一つがあったきり。

私のまわりにあった片々　記憶のつながりをつけられぬまま　幼い一日をつくり　つみかさねてくれるままに　低い目線で陽射しをうけとめて　澄みきったことのある日の空の藍を　空白のなかに塗り広げていく。

私の心は今も燃えつづけている　幼い涙はくすぶり　焼け跡の瓦礫ふかくしみこんでいる。その地面さえも　私の心にしみこんでいる。まだ　遊べるか。

求めていく

八月になると暑さはしずまるのである
真夏の八月も真冬の一月も
月間の動きに変わりはないが
猛暑にふりうごかされて
八月に溶けていくのは夏だ

死さえしずませると思っていたのは
思いちがい
空襲を詩にしようとして
詩という言葉をふりはらっているだけだ

ふりはらえるはずもない死を言葉で
立ち上がらせるのは八月
平和
長崎　広島から遠い私の町にもつなげて
面相を同じくする人たちの骸の
最後の言葉をふりしぼる猛煙の叫びを
吸い込むのだ

濠のそばにあるはずもない針金がからむ
鉄片はその人たちの焼死の証明

平和はよみがえるか
詩はかわいてしまった涙を一線に
問い返す言葉をふくらませ
戦争亡者どもの心にさからい　またも
八月に求めていく

警戒というものの

その恐怖は繰り返される四季ともちがう
戦時にあっては
殺し合いは殺し合い
まるでそれが物語のようでしかない
恐怖を恐怖でふくらまして
さかさにされたイメージでおしつけてくる

いちばん無抵抗な時に無抵抗のままにあって
命を奪い　家を焼き払う
われらは逃れようもない
恐怖を恐怖とせず
血を吹く命を手で抑さえ
さかさにいたことを目のあたりにして

われらは泣き叫んで
口からさえ炎を吐いて抗議する
口あたりのいいものに警戒せよ
警戒をおこたって
さけられない災いと叫んでもおそい夏がある

Ⅱ

白木《しらき》村にて

夕陽が落ちた海は
わずかに赤い空の一角と
それを写した波がしらだけ
とつとつと暗い海は
国境の空に向きあって広がる

たしかに
海を引きこめた半島
空の裂け目へと吹き上げる汐風を
まともに受けて
浜に立つ人はなく
一刻一刻　空の明かりは沈み
言葉がない

敦賀市白木村
テトラポッドにくだける波が音をひそめるとき
夜だからではない
浜に
引きこめたもののある影

なぜか街灯がなく

窓らしい灯りがいくつか点滅する
声はないが
運転再開を前に
岸の小枝も
雑草も
闇にただのみこまれていくだけだ

白い波がいっせいに走る
半島を洗い
半島の先にて
もんじゅの名の原発
なお白いドーム
ぬっと脇で立つ一本の塔よ

おびえて
近づけない
点々と波に映えて　そこに

ほたるのような光が点滅していることよ

ちきゅうのはかいではないかと

おもいだしたようにして　これはあなたへのふたたびのてがみです　あれからはや三たびのはるとなって　たまらなくなって　どんなことをかいていいのかわかりませんが　たぶんはなれたまちの　おうきゅうじゅうたくのままだとおもっていますが　ではまたいまもさむさはしみているのでしょうか

まえにもかきましたが　わたしはふくいけんのむらで　おさないときにうけたじしん　ちょっかがたのじしんがいまもむねのなかでふれつづいているのです　つなみこそなかったものの　すいでん

のあちこちからふきあがったみずまたみずのきおくで　ふくしまのあなたのうみばたのもりあがり　ゆれにゆれたかいすいのいろをおもいます

まちはなでひろがりもりあがったがれき　どろみずからのぞけたあなたのおやのかたほうのふかぐつのそこが　なにをかたっていたかあなたはすぐにわかったといいました　わたしにもみえます　ふくいじしんから六十五ねんのときをもって　いまのじしんのわたしのまちに　あなたにもげんしりょくはつでんしょのあるうみべの　じしんはなんだったのでしょう　じしんはいまでは　ゆれいじょうに　ちきゅうのはかいではないかとおもいます

おうきゅうじゅうたくのままの　ひとりぐらしのきみになんとペンをとっていいのか　じしんはちきゅうのはかいではないかとくりかえすのはきみ　わたしのいえのまどのそとでどんなくうきがながれているか　どんなちかすいがあるのか　どこかのわきにすみれがさきはじめ　そしてしみるさむさをどうつたえていいのか　さむさのなかで一もじかきつけます　ではまた

地鳴り

これこそ瞬間というものだ
地鳴りというものだ

みなが時間を失う
今あった時間を失う

わたしの時間を失う

次への歩みさえ無くす

無くした瞬間は無くした社会
人間らしさもその感情もどこかへ消えた

とりもどそうとした人としての時
社会も揺らいで崩壊した

あなたの地ではみるみる津波が来た
崩れたのは何か

何かと問えば瞬間に社会
世の中などという言葉さえも失った

失ったものをつくろって
やがて現政権がそれをむりやり見せようとする

見えるのはわたしの地鳴りの瞬間
地震を受けて社会を考えたわたしがいる

年があらたまり

年があらたまり心は満ちてくる
あるいは舞い飛ぶ雪のように
物想う気配もどこか
いつになく閉じこもっているが

いつにない心音で
いつになく閉ざされる心
ふり切ろうとすれば
わずらわしいが

冬の若狭湾に

岸をうねらせて
今年もまた
五指の半島に
灯りはあるが

海岸に今年も雪は散り
真新しい自動車道が
のびにのびていく
いやおうなしの積年の
原発銀座が
声を伏せているのは見せかけだろうか

閉じこもるな
心を発せよ
年はあらたまり心はまたも満ちてくる

つかめない

ひとの体の力など及ばない
ひとの心さえ及ばない
見えないし
進行する癌のようにつかめないし

不確かな距離で荒れ狂うのを感じとれない
いまそのなかにあることを気づけない
逃れられない

海面にその足をつけ
山肌にその体を隠し
煙をもたない
のっぺりした原発

私の心のどこかで
それがあることを
それがつぎつぎにつくられていることを
悟っていたか

及ばない力で立ちどまって
見えなくて摑めなくていらだっていて

いつもかあも*

あんにゃ*の若狭は
秋はいま
なんた雨ちゅう
雷鳴って　いま
晩げしま*みたいやって
原発は　スモールランプ点けてるって

紅葉の　越前の山も
美くそうなって
あんにゃの家の窓から見える
高浜につらなる海も
どんねやら

あんにゃら　なんやってか
ういこっちゃ*
あんにゃら　にんならんか*

原発は
どこまでいっても　ぬげる*
なにをねぐさい*ことを言うているんじゃろうのう

*　いつもかあも＝いつもかも
あんにゃ＝兄、あなた
晩げしま＝夕方

ういこっちゃ＝憂いことや
にんならんか＝関係ないか
ぬげる＝逃げる
ねぐさい＝おかしい、理屈に合わない

いずれも福井県若狭の方言

Ⅲ

ルワンダの朝

一九九四年四月

少年のきみは　なにを見ている
涙がかわき
くろい頬にかなしい縞をつくって
立ちつくしている
くちびるは
どんなことばもないようだ
《ルワンダの内戦をのがれて
　きみの目は
　ルワンダの目
　これはその写真の一枚》

幼いきみは　なにを見ている
おおきな瞳で
歯を見せ　かすかな笑み
両掌《りょうて》は　体にあわない服の襟元にかけて
《「国境なき医師団」からの配給
　ひらいた足元のミルクの一缶
　これが別の写真の一枚》

ルワンダ

大きい国——という意味のルワンダ
アフリカの地図でさがして
一息ついてやっと見つけた国
きみらの瞳が
日本の国につながれて
日本の新聞の写真から
わたしを見ている

きみは　なにを見ている
と問われ
わたしは　わたしの子どもの日《とき》にもどるのだ
街が焼けおちた　数十年前
空襲のあとの朝のこと
子どもは死に　逃げのびて
辺りのどこにも姿の見えなかった朝のこと
この　きみの写真そのままに

顔をかたげて
ずぶぬれ
火の粉まみれ
いぶされた顔のまま
火中の川に
立った朝
片腕こがしつつ　やっと
意識がもどった　わたしのその日を
かさねてみる

ルワンダ
太陽とともに起き伏す一日
父母とともに半日を働く日課
香りたかい茶とパンのおいしさ*
アフリカの子どもの日々をこわしつづけ
部族としての対立　報復　外人部隊の介入
どこかで　いつも

ルワンダのことばの下から
みなごろしの歌がながれる

子どもの胸に
焼きこまれた
きみとわたしの
戦場の朝
こわさをこえて
見すえた
朝のあることを

難民キャンプに
声がない
きみの一日の
はじまりに
写真をかさねて
くちずさんでいる

くろい頬にかなしい縞
ルワンダ

＊ ジョン・ムウェテ・ムルアカ『光るマンゴー』より

この国に

この国にヘッドライトはあるか
目いっぱいにあかりをはなち
走れるか地球上を
荒れた日にも
地球上のすみずみを確かめているか
この国は平和という言葉をにごさず
今ここにあるか
捨てた兵器を拾わず

傷つけた人々の心を追いやらず
戦場の土に埋もれた国の涙と
血の地平から目をそむけず
人道という道を走り続けられるか

齢をかさねた憲法下の国の
空を掠めて飛び去るのは
まぼろしの戦闘機
地を踏んで町を行くのは
まぼろしの軍隊
心を失ったその心をいつわるか

この国にヘッドライトはあるか
見えない夜にも
国土のすみずみを確かめているか

気づいて

身近の人を失っていくと
気づいた時
気づいた私の体に
何かは残っているのだろう

六十年、七十年の歳月があって
友も去り
気づいた時に
その人の
終《つい》の言葉が思われる
終《つい》の言葉こそその人なのだと
気づいて
私の体に残っている

友に与えられて私はなおも生きる
六十年、七十年の時のうしろで
失った人の組んだものに気づいて
つかもうとする
身近の人を失う時になって
街も山も空も陽もなお新しい

私は逆らう
逆らう国の変化
気づいた私の体に残り
淡い逆風が私の心の窓をなぞっている

迎える

地球の温暖化が進んでいるという
自然は確実に変わりつつあるのか
取り返しのつかない時を時として
これに向き合うのはわれわれなのだ
原発ゼロの日が来てなお　福島にあって
これもまた取り返しのつかない時を時として
これに向き合うのはわれわれなのだ

国土を飛び交う自衛隊機の曲芸飛行
平和は確実に変わりつつあるか
取り返しがつかない時を時として
これに向き合うのはまたわれわれなのだ
国民主権を投げ捨てようとの政治に
取り返しのつかない時を時として
これをゆるさないのもわれわれなのだ

二〇一三年九月　堺市長選
市民はこれを証して声をあげた

堺は日本の堺となった
地方都市が地方都市であることを越えて
次の国土の形へ向かっていく

憲法は足元で変わりつつあるのか
取り返しがつかない時を時として
これに向き合うのはわれわれなのだ
いつわりの経済　いつわりの福祉反対
いつわりの自衛　いつわりの政治反対
あらたな声の二〇一四年の心　われわれの

憲法のこころ

ふと気づくと
憲法は　頭上にあり　目の前にあり
厳としている

つぎの瞬間には
はるかに遠のいて
見えなくなるかのようである

憲法はいつも
世の歴史にさらされる
生まれた瞬間からふりかけられた非難のなかで
今あなたは憲法を愛していますか　と
問わずにいられなかった人がいた*

はるかに多くの歳月を経て　今
平然と新憲法をやり玉にあげる人がいる
〈論憲〉なるもののうえで
きばをむいた言辞は
はきちがえた歴史と伝統のうえに投げかけられる
今　わたしは
憲法のこころのひと粒を

どのように手にしようか

奉安殿
手旗信号
日本全土の空襲
子どもごころに
きのうのように抱く
終戦を迎えた日の安らぎを
焼け跡
テント教室
そこでわずかに教わったものを
尊厳を
そのいのちを

ある日
一軒一軒家の戸を訪ねてまわる男がいた
男は内には子ども一人とわかっても
有無を言わさず玄関からあがりこんだ
便所掃除をさせてもらうという
狭い家の便器の掃除に入った
男の背で子どもは立ちつくした

微笑をうかべた男は
やがて玄関にもどって　ふいに
日本には軍隊が必要だよと言う
言って男は去り
子どもごころにこわかったが
炎のようにあかく臭いたった日の
昼下がりの陽ざしの記憶となって
その後消えることがない

いつわりの歴史とこころを強いて
憲法は
わが身の人生を振り返って

変転の歳月に気づいている
憲法のこころを知るか
わたしも　また

＊　金森徳次郎　憲法論集『憲法を愛していますか』
（農山漁村文化協会刊）。
著者は、第一次吉田内閣にて憲法担当国務大臣。
現憲法誕生の生みの親となった。

猛暑

猛暑とは何かと考える
体温をこえた日中に
体の水分を失って
亡くなった人　幾十人
病院へ運ばれた人　一万人
言葉も失って

その人たち　考えることもできないのだ
暑さとは何かを考える戦下の八月
それはまさに皮膚を焼いたもの
腕も　足も　そして頭も焼いた
焼け　むいた眼さえ焼き尽くして
縮み　仰向いた体で街路にころがったそのもの
人は　その恐怖をこえたものを
持ちつづけている
何百万の人の記憶がよみがえる

しかしもはや考えることではないのだ
地球上に国を越えて　人種を超えて
平和をと心する夏
経験したことのない暑さ
熱さ　と言いかえる人びとの
歴史にひそむ熱さを忘れはしない

猛暑の中で考える
新たな夏に
考えることもできない人たちの記憶をもって

闇と秘密

闇と秘密というもの
形のないものが
私の家のベランダの　ガラス戸の
レールの隙間のところまで来て
戸を開けようとして
ぎしぎしと音をたてている
外は昼下がりでかがやこうというのに

やはり有無を言わさず
またも音を立てて
私をも怯えさせようとするが
私はガラス戸を押して押し返す

特定秘密というもの
国と人の心と命をねらう者
そのまま押し返して
昼下がりのかがやきのなか
手を伸べて
秘密へこもる者をあばこう

ガラス戸は硬い音をたてようが
闇はすぐにも溶けていく闇だ

エッセイ

続続すずこ記

重治と共に　二枚の写真から

中野鈴子の生家での家族揃っての写真は二枚あって、いずれもよく知られている。

一枚は一九一四年（大正三）の四月頃、もう一枚は一九四一年（昭和十六年）一月のものである。二枚の写真の間に二十七年の歳月が経っているので、そこに写されている鈴子は、一枚目は小学三年生の可愛い女の子であり、二枚目は金龍済との結婚の決意が報われぬまま失意から立ち直ろうとしていた鈴子の姿になる。

さらに詳しく見れば、一枚目の写真は「太閤ざんまい」と呼ばれる中野家の墓地を持ち、村人から財産持ちを意味する「オオヤケ」と呼ばれて、かつて代々の庄屋だった家柄の一家で、祖父、父ともに威厳があり、長兄耕一、次兄重治、その両側に鈴子とすぐ下の妹のはまをが居る。母が抱いているのは前年に生まれた更に下の妹美代子である。写真に出て居ないのは間もなく死亡する祖母みわだけで、病にて伏せっていたのであろう。ただ、こうして見ると、中野家として前途洋々たるものが出ている。

しかし二枚目の写真は、さらに二十七年の歳月があるとはいえ、家族自体大きな違いがある。初めの写真にあった祖父も、長男耕一、妹はまをも亡くなり、この写真には居ない。

重治は東京で十一年前の一九三〇年に結婚して、生まれた卯女は満二歳にもなろうとしていた。三二年には美代子が谷口六一と結婚して、清美が生まれたが、幸せでなく離婚、この二枚目の写真の翌年に落合栄一と結婚、上京する。

正面玄関横の、土蔵に通じる部屋付きの廊下の前で写されていて、旧家らしい威厳はあるがどこか淋しく、それが老父母の表情からもそれとなく感じられる。老父母をそれぞれに籐椅子に座らせて、その背後に中野家の未来を託された子たちが並んで立っている。重治の妻の原泉が抱いている卯女と鈴子の間に一人分空いているが、なぜか私にはわからない。この写真を撮るために席を離れている人がいるのかもしれない。谷口六一自身かもしれない。九歳になった谷口清美は中央に居る。

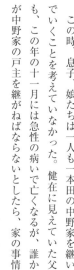

　この時、息子、娘たちは一人も一本田の中野家を継いでいくことを考えていなかった。健在に見えていた父も、この年の十一月には急性の病いで亡くなるが、誰かが中野家の戸主を継がねばならないとしたら、家の事情としては多分に切迫していた。どこか一家の将来の目途の経たないようなものがあったのだと思える。

▲写真1

▼写真2

　父藤作は意気盛んな国家公務員時代、一九二〇年代半ばに六十歳となり、一本田の家で保険代理業を始めてからも二十年が経っている。老いた身一つでのこの仕事の中、しだいに体力を失っていったであろう。藤作としてはこれが人生最後の一家の写真という思い、なおそれぞれに生活、人生の定まらぬかに思える子たちへの不安を胸に、写真に納まっているかと見える。農家としての経営、地主としてのありようも弱まり、冷え込んでいく時代の推移もあった。

　この年の暮れ、東条内閣が成立、直ちにアメリカ、イギリスに宣戦、太平洋戦争をもっての軍部の独裁がすすんでいった。国内においても国防保安法の制定、治安維持法の改定、言論集会結社等臨時取締令公布と、戦時体制の強化がすすんでいった時だけに、まずは時代の不安も漂っているのである。

　ただ、この写真から、単に没落していく地主家の変化を見るだけでなく、重治夫妻、鈴子らの苦闘、反動の時代に抵抗していくものを秘めた、その時代を正面から受け止めつつあるものをうかがわせる一家、一族の姿と見るのは、私の思い込みであろうか。

中野重治は、一九〇二年（明治三十五）一月の生まれ。この時の一家は、祖父治兵衛、祖母みね、そして父藤作、母とらと、十歳年上の長兄耕一であった。

この時、一九〇五年十一月に韓国が日本に外交権を委ね、〇七年には内政の指導監督も委ね、こうして韓国は一〇年に日本に併合され、従属国となる。藤作は神奈川県の煙草専売局にいた。そして韓国併合後にはその統治に当たる朝鮮総督府に勤めることになる。公務員として時代の先端に立っていたといえそうだ。

兄耕一は、一八九二年生まれ、重治のちょうど十歳年上、学歴は重治と同じ道を先に辿っていた。福井中学、金沢四高、帝大の道を歩み、卒業とともに結婚し、父の援助もあってか朝鮮銀行に就職、早くにウラジオストックの支店に入るが、不幸なことにすぐに発病して死去した。それが重治が金沢四高に入学する直前だった。

この兄耕一の死は、重治にとって、中野家の将来にかかわることを考える最初の場面に遭遇することであったろうと思う。父の藤作もそれを当然として、後継者としての重治に期待していたであろう。期待通り、金沢四高にも入っている。後は耕一のように上級大学に入り、いずれは家に帰って、家を守ってくれればいいのである。

そうした父の思惑はともかく、一九一九年に重治は四高の文科乙類に入学した。彼がいつから文学に興味を持ったかはわからないが、この金沢で、寮生活に入り、そこに居合わせた学友たちの影響があって、入学の翌年には学内の北辰会が発行の文芸誌『北辰会雑誌』に誘われるのである。この経緯は、このとき十八歳の若者の未来への心をひきつけた場がそこにあったということで、そのきっかけが短歌であったということだろう。最初の発表が一九二〇年の『北辰会雑誌』第八八号で、短歌四首というものだった。文学への始まりで短歌や俳句といったものに始まるというのはよくあることで、文学への入門として、入りやすいということもあるだろう。重治はそこで作品を出したというだけでなく、編集部そのものに入り、いわば「北辰会」の活動そのものに主体的にかかわるようになる。彼は二度の落第をするのだから、合計五年ぐらい編集部員となってその活動に夢中になっていったのだと思う。そして、短歌だけでなく、詩も小説も書くようになる。それはかなりの意気込みで、本来の学業で、落第する科目がでるのも仕方がない。次は『北辰会雑誌』に、生涯最初に発表の「短歌四首」である。

自らも知るはなほうしわが性《さが》は人のいふなる饒舌なれば
新しき紺がすりきて春あさきふる里の野をわれは朝ゆく
川ばたのクローバはよし六月の光にいねて肌をふるれば
いつしかと涙いづなり壁見れば学校へ出ぬ今日この頃は

一九一九年、四高入学を前にしての、一本田、坂井平野を眺めての十七歳の重治の心が、その純粋さで伝わってくる。

（十一月十八日）

（「水脈」第55号　二〇一五年十一月）

中野鈴子没後六十年を前に

生涯かけた心の表白

福井県の詩人中野鈴子が亡くなって来年一月五日、六十年になる。

今年九月二十三日、坂井市丸岡町の「一筆啓上　日本一短い手紙の館」で、坂井市教育委員会の主催、丸岡文化財団の共催、坂井市立丸岡図書館の主管のもと、後援した文化団体や多くの理解者の協力によって、中野鈴子没後六十年の集いが開かれた。丸岡町で人々が、こうした催しで声をあげることを、永く私も待ち望んだ。これは、鈴子が一本田の在所にあって、当時、町内外の人々とどのような交わりをもっていたかを、明かすことでもあった。

中野重治を四歳上の兄として、大正の時代に女性としての苦難をなめ、二十代の初め、一九二九年にすでに作家として活動を始めていた兄のもとへと上京、詩人としての活動を兄と共にした。その活動とは、大正末期、日本にも生まれたプロレタリア文学運動のことである。日本プロレタリア文芸連盟が活動を始めて、鈴子が上京、これに参加するのが連盟結成後、三年しかたっていない。重治自身が結成とともに連盟に参加、「夜明け前のさよなら」をはじめとした詩を発表し、この運動の中心的活動家となっていきつつあったので、鈴子も文学運動に生きることに意義を感じ、兄のすすめを得て上京、すぐにその運動に加わっていくのである。そのことで、日本文学史において、中野鈴子はプロレタリア文学運動初期に活動した女性詩人として名が刻まれることになった。

鈴子の詩作は一九二八年から彼女の死までの三十年、詩作品数九十余編がある。この間には、太平洋戦争での七年近い詩作上の空白があるので、九十編の詩は、戦争に前後して集中的に命がけで書かれたとも言えるのである。鈴子の詩が常に生涯をかけた底深い心の表白であったことは、戦争による空白が彼女の本来の詩を失わせず、むしろ一貫した深い意識で戦後の詩を生んだことでもわかる。

鈴子は一本田の生家に戻り、戦時を抜け、やがて家族をもつことを断念することで、農業と詩作に腰を置いた。新日本建設の意識のもと、かつての詩精神をひきついで、自らの戦後を見つめつつ、詩作をつないだ。こうして生き方としても作品活動においても、戦前と戦後を切り離さなかった、その一貫性に鈴子の詩の特質があった。そこに悲痛があったとすれば、永く続いた悲恋とその結末としての農民生活である。しかしそれは、鈴子の詩の悲劇ではない。

死のきわ、東京での病床にあって、見舞った私に鈴子は叫んだ。「わたしゃ、断末魔じゃあ!」と。その断末魔という言葉の意味、それにこめた鈴子の思いが何かを、その後の六十年間、私は考え続けている。鈴子のその叫びは死のきわにあって自らの詩に持ち続けたものであり、私は鈴子の自己否定とは認めない。鈴子の詩をすぐれた遺産として受け止める私は、鈴子のこの叫びをそれを理解する道すじの入り口としたいと思いつづけている。

(「福井新聞」二〇一七年十二月二十一日)

解説

歌ごころの豊かさが魅力

稲木信夫詩集『碑は雨にぬれ』

広部英一

稲木信夫詩集『碑は雨にぬれ』（金沢・能登印刷出版部刊）を読んだ。能登印刷出版部企画の〈北陸現代シリーズ〉の一冊として出版された。稲木氏は福井市在住の詩人。一九三六年生まれで、長い間、詩を書いてきた。現在は詩人会議、ゆきのした文化協会、県詩人懇話会に所属し、「ブーメラン」同人として活躍している。稲木氏は詩集あとがきで〈……詩作を生活、生きる一面と考えてきた〉と書き、さらに〈最初の詩集から二十五年もの間のことで、とうてい数のうえでもまとめられるものではないが、この詩集は、私の詩の原点にかかわっている〉と書いている。『碑は雨にぬれ』は『きょうのたたかいが』につぐ第二詩集。『碑は雨にぬれ』は稲木氏の詩の原点とこの二十五年間の詩の軌跡を知るうえで貴重な詩集である。

『碑は雨にぬれ』には十八編の詩が収められている。「ゆきのした」「詩人会議」『年鑑関西詩集』『大阪詩集』『反核平和詩集』『詩集ふくい』『塚原芥山・人と芸術』「ブーメラン」「水脈」に発表した詩がまとめられている。標題詩「碑は雨にぬれ」は「ゆきのした」（一九八七年）に発表した詩。中野鈴子（一九〇六～一九五八）の生家跡に建つ鈴子の文学碑を題材にして鈴子の人と文学への熱い思いを切々とうたいあげている。稲木氏は中野鈴子にたびたび詩稿をみてもらい、指導助言を受けてきた。稲木氏が鈴子を文学の師と仰いで詩的出発をしたことは稲木氏の詩の歩みに大きな影響を与えた。それは詩の傾向が相似だといったようなことでなく、稲木氏の詩を書く姿勢の根本のところに中野鈴子の教えが生きているということなのだ。教えの中心は忍耐の精神であり、克己の精神であり、抵抗の精神であり、行動の精神であろう。稲木氏の詩は鈴子の詩の系譜を継承する。

福井大空襲の悲惨を題材とした「一九四五年七月十九日を忘れない」は長編詩。稲木氏の詩的個性が最もよくあらわれている代表作品だと思う。現代詩が指向する比喩の魅力はないが、言葉を積み重ねて死者を悼み、空襲のむごさを描き、平和への祈りを表現する鎮魂歌として優れている。詩の真実と歌ごころの豊かさに打たれる。稲木氏の言葉は常に平明で、言葉のリズムが音楽的であることも特色である。父の死、義父の死を題材とした詩、交通事故にあい、入院生活の日々を題材とした詩、若狭の原発を題材とした詩など、稲木氏の詩の世界はどれも現実とクロスする。岡崎純氏が「現実直視の誠実な詩精神」と題して解説を寄せている。

（「月刊福井」一九九二年三月号）

現実直視の誠実な詩精神

―稲木信夫の詩について―

岡崎　純

稲木信夫の詩を語る場合、原体験として見逃がすことのできないものがある。

それは一九四五年七月の福井空襲である。私も生徒として寄宿舎にいて、その空襲に遭ったのであるが、アメリカのB29爆撃機約百三十機による焼夷弾などの猛爆によって家屋は焼かれ、多数の死者や重傷者が出た。九三・二パーセントという全国最高の被災率であった。

小学校四年、九歳の稲木信夫は、最も被害の大きかった福井市の中心部に住んでいて被災。小川のなかで失神し、腕に火傷をしながらも命を拾うことができたのであるが、父方の祖父は爆死という悲惨さであった。

そして、翌日から丸岡町の母の実家での疎開生活が始まるのであるが、父母は職を失って生活に苦しまねばならなかった。その上、一九四八年六月の福井地震が一家を襲い、生活はどん底に追いやられたとのことである。

県庁にはいる裏門の石垣によりかかったひと／よりかかったまま焼けてしまった顔／腰のあたりがまだくすぶっている／胸でちぢめる両腕／そこにひとりのちいさいこどもの焼けた体があった／そしてまた足もとに／濠へ頭からおちそうになって／あおむけのひとが／口をあけてくすぶっている。

（「空襲」）

この県庁のあるお濠の付近は、最も死者の多く出たところということであるが、ひとつ間違えば稲木もまた同じはかない運命をたどったかも知れないのである。空襲後の死者の姿がリアルにうたわれている。

ぼくらは焼けだされてしまった／冬がちかい村の

なかで／布団をしいて廊下でねむる／／爆音／油脂弾／焼夷弾／ぼくらの家がはじけとび／竹がもえ／笹がもえ／機銃掃射のなかで／小川の水にうずくまったあの時から／なき声が母ののどもとからせきをきってでてきた／／だれもこの声をけすことができなかった／だれのこころにもふかくひそんでいたのに／それはその時／のどもとからせきをきってでた／たえしのぶ母が／ぼくの胸にうつすものだった

（「うつすもの」）

第一詩集『きょうのたたかいが』（一九六六年）のなかの「空襲」「うつすもの」の部分をここに引用した。「うつすもの」は、福井空襲で焼け出されて、母の実家に疎開した親子の生活の悲しみがうたわれた作品である。互いに戦後の困窮の時代である。たとえ血がつながっているとはいえ、疎開の親子が歓迎されるはずはない。野良から帰ってきた伯父と母とのあいだでのちいさないさかいに、布団のなかですすり泣く母の声に心いためる稲木信夫の心が痛切である。父はまだ仕事から帰っていなかったとある。「たえしのぶ母が／ぼくの胸にうつすものだった」という二行に稲木信夫の思いが凝縮されている。

まさに戦争がもたらした修羅地獄を経験するとともに、戦争で破壊された生活の中で苦闘する親たちの姿が、心に深く刻みこまれたのである。

こうした稲木に一九五五年十九歳の折、中野鈴子らとの出会いがある。この出会いは、その後の稲木信夫の詩の方向に大きな影響を与えたということができる。

「ゆきのしたの会は、福井県で生活しはたらいているわたし達が、新日本文学会福井支部を中心に、わたし達自身の手によって、わたし達の生活と労働の真実をうつしだし、またまもりたかめる文学をつくりだすためにあつまる会です。」と、会の目的を明確にした文学活動がなされていた。後「ゆきのした文学会」として独立し、更に「ゆきのした文化協会」と改称して現在に至っている。

稲木信夫はこの会に二十歳で加わり、永年にわたって専任活動にたずさわりながら、現実直視の詩論のもとに、数多くの共感を呼ぶ詩を発表してきた。

一九六〇年、日米安全保障条約改定反対の国民的な大闘争がたかまったとき、彼は安保反対福井県文化会議の事務局員として活動しました。このあと、彼の初期の代表作といえる散文詩「きょうのたたかいが」がかかれています。この詩は、安保改定が強行されたあとひろがってきた安保闘争挫折論とたたかい、安保反対運動で統一した国民の力のすばらしさをうたいあげる意図をもっていました。発表当時は全部ひらがなでかかれ、彼はゆきのした文学祭（一九六一年）で自ら朗読しました。

彼はいろいろの集会や機関紙のために詩をかき、自分で朗読にたつなどして、そうした運動に詩をむすびつける努力をしてきています。「わたしたち、『六月のつどい』を」や「ポスターがかがやくとき」は、その一つですが、このような詩は、それが読者、あるいは聴衆に意味不明でわかりにくく、共感をよばなければ、その詩としての価値をうしないます。表現がひとりよがりで、あいまいであってはいけません。彼はそういうたたかいがおのずと要求するきびしさにこたえ、そのことで詩の力をたかめてきました。

（「ゆきのした」一九八一年九月号）

と「稲木信夫の詩について」で書かれている。

これは稲木信夫の詩のあり方を的確に言いあてていると思うが、稲木がこの間に獲得した生き方であり、詩に対する姿勢であり、現在まで、確固として詩に骨太く通底しているものである。

このように、稲木の詩の一つの大きなテーマは、原体験であるところの空襲被災体験の作品化である。

あの朝／不気味なほどの暗さと静けさ／ふかい靄のようにあたり一面にただようものがあった／靄ではなかった／煙だった／しかし煙というものがそんなものとは思ったこともなかった／煙のにおいはなかった／息苦しくもなかった／人は見た／無数にちろちろとあかい炎が地面をはっているの

を／無数の小さな煙がたちのぼり／空をおおった煙のなかにくわわるのを／ああ／おお／折りかさなり　逃げ場を失った姿で燃えていた人／背をこごめ　その下に子どもをかばって燃えていた人／くぼんだ眼《まなこ》から　煙がとめどもない涙のようにたちのぼっている／城あとの濠のすみに／ちぢれた草の下に　顔をかくして浮いていた人／ひとりではない／体をからめあって／石垣のかげに／あそこにも　ここにも〃もはやさからう力もなく／追いつめられた人／橋から落ちた人／川を流れていった人／傷口もあらわに／流れていった人／ああ／あなたたち／あなたたちをけっして忘れない／あなたたちが見ることのできなかった終戦／あなたたちが知ることのなかった戦争の結末／あなたたちが生きて見ることのできなかった戦後二十五年／生きてなお正しくむくわれなかった苦闘の日び／その途中に死んだ人びと／そのすべてのことをはっきりとあなたたちに伝えよう／だが／あなたたちはあとに残った肉親や子どもたちを愛しんで／あの夜あげた叫びよりも大きい苦痛にみちた声をあげるだろうか

これはこのたびの詩集『碑は雨にぬれ』に収録されている長詩「一九四五年七月十九日を忘れない」の部分である。福井空襲を忘れず、その犠牲になった人たちへの鎮魂とともに、戦争を二度と繰り返さない切実な思いが熱情をこめてうたわれている。

稲木は、すでに高校生時代に空襲で焼死した友だちを想いつつ、散文詩「竹の悲しみ」を書いている。そして、このテーマは、ながく引き継がれ、深められていく。集中の「一塊の骨」や「綿の碑」「雨」がそれである。「彼は、そうした空襲の詩をかきつづけることで、あの悲惨な空襲の一夜を再現しようとしています。そして、そのことで戦後の父母の苦しみを見つづけてきたことのいま一つの帰結をえようとしているようです。」（「稲木信夫の詩について」（「ゆきのした」一九八一年九月号））とあるが、「たえしのぶ母が／ぼくの胸にうつすものだった」のうつされたものが風化されることなく、市民の歴史的な体験として詩に結実しているわけである。「詩作が積極的な社会行動・生活行為ともなりうる」というのが稲木の詩精神である。空襲被災体験の作品化とともに、「福井空襲をかたりつたえる会」を一九七〇年に結成して、市民的な運動へと広げ、それが『福井空襲史』の刊行等に発展する成果を上げている。

こうした一連の積極的活動の視点が、敦賀、若狭一帯に分布する原子力発電所に向けられるとき、次のような詩となって表現される。

かつてない雪の季節／半島は／山なみはしろく／とぎれがち／／ドームはみえない／建屋《たてや》もみえない／建屋のなかのひとびともまた／ふさがれた？
雪に／ふせぎきれなかった？　雪を／どちら？／／ふりつもって／ながい年月あわあわと／安全をいいつづけてきたものの／いままたかくしつづける
雪の季《とき》／敦賀原発《げんぱつ》の／冬の日誌
（「冬の日誌」）

問いかえすまでもなくくりかえしていく／まさしく海のかたちでおしよせる波／漁船は陸にあり／魚を追う岩場に人はなく／村をはなれる青年を追って海は波だち／村びとたちの目のするどさにとまどいつつ／きょうも　きょうも波だつ／ずぶぬれの原発ドーム／つながっていく若狭湾の十三基／海は一刻としてあるべき海ではなく／村びとたちの不安をきりきざんで／かなしい村びとの胸のうちからとびちり／消えてしまった
（「海」）

車も／つづく／海はあり／若狭路は山へつらなり／車窓の月が尾根を飛ぶ／声もなくひそんでいる十三基の原発／電灯が点々とせまり／山腹に沈む／山村の／真夏をまえに／若狭の闇／を見た
（「山村」）

けさは／けたたましくテレビが鳴り／人々は息をひそます／人々は待つ／／となり町の原発増設計画／／海風にのって／逃げようもないいらだち／軒という軒に反響するテレビニュース／アンテナ／は

るかに／夜あけをついてつたわるシュプレヒコールの／あれすさんだ半島と海と村を見かえすように／ヒアリングをむかえた人の声　を　聞く／／わたしはここに立ち／アンテナもまた／わたしの頭上を越えるように／無関係にも／山をとびこえる送電線を見ようとするが／風にふるえ／初冬のなかに／さらされている

（「アンテナ」）

敦賀半島に原発が誘致され、日本原子力発電と関西電力の両社が建設を発表したのは、一九六二年十月のことである。そして、陸の孤島といわれた西浦地区に一九六九年十月敦賀一号機が動き出した。続いて翌年七月には三方郡美浜町丹生地区で、関西電力美浜一号機も動き出した。以来、若狭は「原発銀座」と呼ばれるほど、住民の不安をよそに次々と原発が建設されてきた。

今年の二月には、美浜原発二号機の蒸気発生器細管が破断するというあってはならない大きな事故が起きたが、これは製造ミスによるものとの発表である。そして、五月には、動力炉・核燃料開発事業団が、敦賀半島の先端、白木地区にわが国初の高速増殖炉「もんじゅ」を完成させた。冷却用にナトリウムを使用するのが特徴だそうだが、これが水に触れると爆発的な化学反応を起こすことで恐れられている。この「もんじゅ」をはじめ建設中も含めると十五基の原発が、敦賀から若狭一帯に立ち並ぶことになる。考えてみれば異様な風景である。

原発を抱いている敦賀や若狭をうたう稲木信夫の詩は声だかではないが、敦賀や若狭の風土をいつくしむ誠実な思いから、原発問題をとらえてうたっている。それだけに重い響きをもって迫るものがある。原発問題の作品化は、生活環境をたえがたくしているものに立ち向かうもう一つの大きなテーマとなっていることを、詩集『碑は雨にぬれ』で知ることができる。

ところで、詩集の表題となった「碑は雨にぬれ」は、中野鈴子をうたった鎮魂の詩である。中野鈴子は、「ゆきのした」創刊の中心となり、詩集『花もわたしを知らない』を残して、一九五八年一月死亡。稲木信夫が二十二歳のときである。出会ってわずか三か年ほどの年月であるが、丸岡町一本田に鈴子をたびたびたずねて、詩を見てもらう。鈴子との出会いは、稲木にとってかけがえのない出会いであったわけである。かつて稲木がたびたび訪ねた屋敷跡に立って、鈴子のひたむきな生き方に思いをはせたしみじみとした作品である。

「自己の弱さを克服してゆくために詩を書くのです。あるいは自己の弱さをささえていくために。けっして弱さによりかかってはならない。抵抗というものは、なんらかのよい効果をもっているのです。」とは、稲木が中野鈴子からうけた手紙の一節であり、鈴子からうけついだ詩心である。

稲木が、鈴子の詩や生き方に触れ、共感をもってその後の詩作の糧にしたことは、容易に理解できることである。

そういった意味で、交通事故にあい頭をうち、療養中に書かれた作品「待つ」や義父の死をうたった「そのとき」、また父の死をうたった「しろい空」などは、その詩を書くことによって、現実の困難さや、自らの哀しみを切り開いていく未来への力とし、現実にはたらきかけている。

以上、稲木信夫の詩の概略に触れてきたのであるが、今一つの特徴は、先にも紹介したように朗読にたえうる詩として書かれている作品が多いことである。したがって、表現にはあいまいさやひとりよがりをさけ、平易で、聴取者の共感が呼べるように心をくだいている。これも稲木の詩と生活との積極的なむすびつきの考えに立つ詩のあり方ということができよう。

ともあれ、稲木信夫の誠実で強靭な詩精神によって生み出された詩集『碑は雨にぬれ』の誕生は、数多くの人たちから首を長くして、待望されていたことである。

（詩集『碑は雨にぬれ』解説）

年譜

稲木信夫年譜

一九三六年（昭和十一年）　当歳
三月二十八日、福井県福井市の中心部の借家で、父喜三治、母けさの長男として生まれる。父は福井市内の毎日新聞専売所で働き、近隣の農村の娘の母と結婚。
一九四二年（昭和十七年）　六歳
四月、福井市立宝永国民学校に入学。
一九四五年（昭和二十年）　九歳
太平洋戦争終結間際の七月十九日深夜、アメリカB29爆撃機百二十機の編隊による大空襲を受ける。我家の脇の川に逃げ父母とともに命を拾い、翌日、長畝村の母方の実家に避難、以後疎開生活、村の学校に転校。父は隣の丸岡町の新聞専売所で配達員に、母は機業場に勤めて織工となる。
一九四七年（昭和二十二年）　十一歳
丸岡町に移住、平章小学校へ転校、卒業。
一九四八年（昭和二十三年）　十二歳
丸岡中学校（すぐに城東中学校に改称）に入学。六月、この町を震源とする福井大地震。翌年、町が建てた応急住宅に入る。
一九五一年（昭和二十六年）　十五歳
丸岡高等学校に入学、担任中林隆信の援助を得てアルバイトしつつ通学。一方、好きな絵を描き生徒会の活動に熱を入れる。
一九五四年（昭和二十九年）　十八歳
高校を卒業、京都市下京区の友禅下絵師のもとに就職するが、十一月、肺浸潤を発病、帰郷、入院。
一九五五年（昭和三十年）　十九歳
三月、退院、自宅療養。まもなく丸岡町にて坂井文学サークル「出発」を結成、五七年までに九号を発行。この間に、詩の中野鈴子、小説の大崎栄太らを知る。
一九五六年（昭和三十一年）　二十歳
ゆきのしたの会（後のゆきのした文学会、ゆきのした文化協会）を知り、入会。年末に一家、福井市町屋町町屋荘に。父は市の失業対策事業日雇労務者となり、母は高倉機業場にて管捲工に。やがて加藤忠夫を知る。

一九五七年（昭和三十二年）　二十一歳
一月、ゆきのしたの会事務局員となる。三月、市内の軽印刷所に就職。
一九五八年（昭和三十三年）　二十二歳
一月、中野鈴子死去。直後の会総会で会事務局専任となる。二月、ゆきのした文学会で『歌の本』創刊に係る。一九五九年、会事務局長となる。
一九六〇年（昭和三十五年）　二十四歳
安保条約反対文化会議を結成して県民会議で活動。反対署名集めの中で知った保育園保育士の岩城佐代子と結婚。
一九六一年（昭和三十六年）　二十五歳
一月より、『ゆきのした』月刊発行。会事務局長として、以後、印刷等発行の中心で努力。福井市内松本下町松本荘に移る。長男順《すなお》誕生。翌年、ゆきのした文学会実務責任者となる。福井詩人の会結成。また、福井県文化協議会常任委員に選任される。
一九六三年（昭和三十八年）　二十七歳
三月、吉田郡森田町（現福井市）上野新三〇一へ移転。
一九六四年（昭和三十九年）　二十八歳
一月、福井詩人の会結成。『福井詩人』を二九号まで発行。ゆきのした文学会で『中野鈴子全著作集』全二巻発行。夏、平和のための福井文化会議結成。
一九六六年（昭和四十一年）　三十歳
四月、詩集『きょうのたたかいが』出版。森田地区の文学ぐるーぷ結成、『わかあゆ』発行、六八年の七号まで。
一九六七年（昭和四十二年）　三十一歳
『稲木信夫創作孔版画集』出版。
一九六八年（昭和四十三年）　三十二歳
九月、「中野鈴子の詩にふれた最近の文章の紹介」を発表。
一九七〇年（昭和四十五年）　三十四歳
六月、安保反対集会のため、長詩「一九四五年七月十九日を忘れない」を書き、集会で朗読。七月、父死去。十二月、則武三雄詩集『持続』を編集。
一九七一年（昭和四十六年）　三十五歳
七月、福井空襲をかたりつたえる会結成。稲木信夫回覧詩集『一九四五年七月十九日を忘れない』を発行。
編集は加藤忠夫。
一九七二年（昭和四十七年）　三十六歳
三月、ゆきのした文化協会と会名改称。「一九四五年七月十九日を忘れない」が脚本化され、七団体により上演。。
一九七三年（昭和四十八年）　三十七歳
四月、『中野鈴子全著作集（増補再版）』発行。
一九七四年（昭和四十九年）　三十八歳
幻灯脚本「三里浜がなくなっていく」を書き、スライド化、上映。
一九七五年（昭和五十年）　三十九歳
六月、『福井空襲午前一時』を二千部出版。
一九七六年（昭和五十一年）　四十歳
三月、『関西詩集Ⅱ』に「綿の碑」、『日本詩人』七八号に「綿」発表。
一九七七年（昭和五十二年）　四十一歳
福井県最初の女性詩人井上清子研究を始める。夫健治郎との年表発表。山川登美子の弟山川亮蔵の年譜も。

民話劇脚本「芋掘り太郎」を書き、丸岡で上演。
一九七八年（昭和五十三年）　四十二歳
二月、回覧詩集『一塊の骨』を出す。六月、福井空襲史刊行会委員となり、『福井空襲史』刊行。タウン誌『フェニックス』で連載インタビュー「ふくい文化地図」を担当、一九八〇年十二月まで二十九回。
一九七九年（昭和五十四年）　四十三歳
中野重治死去で、「痛み以上のもの」を書く。『福井詩集』一九七九年版編集に参加。
一九八〇年（昭和五十五年）　四十四歳
三省堂『日本の空襲』で福井空襲関係記事を書く。空襲・戦災を記録する会全国連絡会議で沖縄へ。会議で運営委員を務める。
一九八一年（昭和五十六年）　四十五歳
『ゆきのした』で特集「稲木信夫の詩について」。
一九八二年（昭和五十七年）　四十六歳
『年鑑関西詩集Ⅲ』に「冬の日誌」を書く。岩崎書店『おはなし風土記』福井編で編集委員となる。
一九八三年（昭和五十八年）　四十七歳

「三十年、ゆきのしたの詩人たち」を書く。十二月、『中野鈴子の詩による創作曲集』編集後記を書く。ゆきのした文化協会事務局専任の職を退く。
一九八四年（昭和五十九年）　四十八歳
一月、妻佐代子の協力を得て、しんふくい出版を開業。五月、詩「海」が第一八回詩人会議新人賞佳作に。
一九八五年（昭和六十年）　四十九歳
四月、詩人会議入会。全国運営委員となる。福井県詩人懇話会を結成、事務局責任者となる。山本武『一兵士の従軍記録』『山品寛追悼集』『敦賀空襲戦災誌』、中林隆信『夜の記録』など編集。『詩人会議』八月号に「原発城下町の現実」を書く。
一九八六年（昭和六十一年）　五十歳
関西文学者の会『反核詩歌集』四集に詩「いろ」、詩人会議刊『反核平和詩集』に「雨について」発表。『落合栄一追悼集』編集。
一九八七年（昭和六十二年）　五十一歳
草野信子と二人詩誌『ブーメラン』創刊（九四年まで九号発行）。『詩人会議』九月号に「共同を促すもの」、十月号に「戦災・空襲を語りつたえよう」発表。『ハスの実だより』一一七号に「記念出版にあたって」発表。中林隆信『命なりけり』編集。
一九八八年（昭和六十三年）　五十二歳
『詩人会議』九月号に「民衆の詩人中野鈴子の所在」を発表。『詩集ふくい　58』に福井県詩誌・詩集年表を無署名で発表。
一九八九年（昭和六十四年・平成一年）　五十三歳
『詩人会議』一月〜六月号で「詩誌評」を書く。四月、五十嵐顕詩集『日日の想い』編集発行。
一九九〇年（平成二年）　五十四歳
草野信子詩集『互いの歳月』、『上中信夫作品集　詩篇』を編集発行。『なたとしこ詩集』解説執筆。五月、福井詩人会議・水脈（現・水脈の会）結成。二〇一七年八月まで代表を務める。
一九九一年（平成三年）　五十五歳
一月、『水脈』創刊。詩集『碑は雨にぬれ』出版。NHKラジオ第一で、加賀美幸子アナウンサーが稲木詩「雨」を朗読、小海永二が解説。詩人会議主催の詩運動をめぐる座談会に出席（東京）。
一九九二年（平成四年）　五十六歳
詩人会議『詩の新聞』にエッセイ「ねがい」、『詩人会議』五月号にエッセイ「三十年めに」、六月号に詩「重み」を発表。
一九九三年（平成五年）　五十七歳
国土社『月刊社会教育』七月号に詩「綿の碑」を発表、津布久晃司が解説。『詩人会議』十二月号に詩「うすあかり」を発表。戦争に反対する詩人の会『反戦のこえ』二二号に「うすあかり」転載される。
一九九四年（平成六年）　五十八歳
『詩と思想』四月号に「疎隔の状況」を発表。『詩人会議』七月号より十二月号まで現代詩時評を書く。『詩人会議』六月号、八月号に詩を、『詩と思想』十二月号に「中野鈴子―農民詩人への道」を発表。
一九九五年（平成七年）　五十九歳
「うすあかり」加筆して土曜美術社出版販売刊詩集『反戦のこえ』に発表。
一九九六年（平成八年）　六十歳
『詩人会議』四月号に「水脈」現況報告を書く。十一月号に「原水禁世界大会参加報告」を書く。
一九九七年（平成九年）　六十一歳
『詩人中野鈴子の生涯』を光和堂より出版。翌年二月、詩人会議の第二六回壺井繁治賞に決まる。
一九九八年（平成十年）　六十二歳
福井市と敦賀市で、治安維持法反対同盟県支部による講演会で、「小林多喜二と中野鈴子」を講演。六月、滋賀県大津市で滋賀詩人会議の会合で「詩人中野鈴子の生涯」をテーマに語る。七月、県すこやか長寿財団で鈴子を語る。九月、FBCラジオで、鈴子没後四十年で語る。『詩人会議』十月号で、宮崎清詩集『兵隊の位』について書く。
一九九九年（平成十一年）　六十三歳
五月～七月、福井カルチャーセンターで随筆講義。五月～翌年二月、丸岡町竹田公民館で自分史講座の講師を務める。
二〇〇〇年（平成十二年）　六十四歳
二月五日、NHKラジオ深夜便「こころの時代」で中野鈴子を語る。二月、清水町立図書館で講演、鈴子の生涯を語る。十一月、「あずまなずな詩集解説・詩の重さと信仰」を書く。「詩と俳句の向かうところ」を『狼』九号に。以下、作品発表名ほぼ略す。

二〇〇二年（平成十四年）　六十六歳
五月、母死去。

二〇〇三年（平成十五年）　六十七歳
七月、福井県あわら市で詩人会議夏の詩の学校。「中野鈴子の詩」で講演。福井県文化協議会による文化芸術賞受く。

二〇〇四年（平成十六年）　六十八歳
四月、福中都生子詩集『わたしのみなもと』評書く。松田解子を訪ね『詩人会議』九月号に対談発表。

二〇〇六年（平成十八年）　七十歳
『すずこ記　中野鈴子の青春』出版。

二〇〇七年（平成十九年）　七十一歳
十一月、日本現代詩人会に入会。

二〇〇八年（平成二十年）　七十二歳
『詩人会議』七月号に「詩朗読会で」を発表。九月、『現代生活語ロマン詩選』に「国境」発表。

二〇〇九年（平成二十一年）　七十三歳
岡崎純とともに福井県詩人懇話会顧問となる。三月、『コールサック』六三号に詩「とけていく」発表。

二〇一〇年（平成二十二年）　七十四歳
『詩と思想』四月号にエッセイ「地球温暖化という言葉」を発表。『現代生活語ロマン詩選二〇一〇』に詩「まっかっかぁや」、『反戦反核平和詩歌句文集』に詩「家・夢のかたち」を書く。

二〇一一年（平成二十三年）　七十五歳
『詩と思想』三月号に詩「蟬の夢」発表。

二〇一二年（平成二十四年）　七十六歳
八月、妻佐代子死去。

二〇一三年（平成二十五年）　七十七歳
四月、詩人会議第六回総会に出席。

二〇一四年（平成二十六年）　七十八歳
三月、評論集『詩人中野鈴子を追う』をコールサック社より出版。県詩人懇話会総会で「中野鈴子あれこれ」と題して講演。五月、愛知県犬山市での詩人会議総会・全国運営委員会で大釜正明と議長を務める。八月、京都、大阪、神戸詩人会議夏の交流の集いに参加。十月二日、東京での「九条の会詩人の輪」に参加。十二月五日、土曜美術社出版販売の叢書「社会　現実／変革」十一として詩集『溶けていく闇』を出版。

二〇一五年（平成二十七年）　七十九歳

第三〇回詩人会議総会に出席。

二〇一六年（平成二十八年）　八十歳

リトワーブックカフェにて小野忠弘、山川登美子、中野鈴子ほか五回にわたり語る。イギリスの女性大学生エリザベス・グレイスの『日本女性プロレタリア詩人中野鈴子』出版にあたり、援助。六月、福井市円山公民館ふるさと学級で則武三雄を語る。

二〇一七年（平成二十九年）　八十一歳

五月、詩人会議三二回総会に出席。コールサック社『詩人のエッセイ集　大切なもの』に作品発表。九月二十三日、「一筆啓上　日本一短い手紙の館」での鈴子没後六十年を偲ぶ会で講演。

現住所　〒九一〇―〇〇三四
福井県福井市菅谷一―一三―一九
ルーチェすがや四〇三号

新・日本現代詩文庫 143 稲木《いなき》信夫《のぶお》詩集

発　行　二〇一九年二月十日　初版

著　者　稲木信夫
装　丁　森本良成
発行者　高木祐子
発行所　土曜美術社出版販売
〒162-0813　東京都新宿区東五軒町三—一〇
電　話　〇三—五二二九—〇七三〇
FAX　〇三—五二二九—〇七三二
振　替　〇〇一六〇—九—七五六九〇九
印刷・製本　モリモト印刷

ISBN978-4-8120-2489-8　C0192

新・日本現代詩文庫

土曜美術社出版販売

- ⑭¹ 小林登茂子詩集　解説　高橋次夫・中村不二夫
- ⑭² 万里小路譲詩集　解説　近江正人・青木由弥子
- ⑭³ 稲木信夫詩集　解説　広部英一・岡崎純

〈以下続刊〉

- 細野豊詩集　解説　北岡淳子・下川敬明・アンバル・パスト
- 清水榮一詩集　解説　伊藤桂一・高橋次夫・北岡淳子
- 川中子義勝詩集　解説　中村不二夫

① 中原道夫詩集
② 坂本明子詩集
③ 高橋英司詩集
④ 前原正治詩集
⑤ 三田洋詩集
⑥ 本多寿詩集
⑦ 小島禄琅詩集
⑧ 新編菊田守詩集
⑨ 出海溪也詩集
⑩ 柴崎聰詩集
⑪ 相馬大詩集
⑫ 桜井哲夫詩集
⑬ 新編島田陽子詩集
⑭ 新編真壁仁詩集
⑮ 南邦和詩集
⑯ 星雅彦詩集
⑰ 井之川巨詩集
⑱ 新々木島始詩集
⑲ 小川アンナ詩集
⑳ 新編井口克己詩集
㉑ 新編滝口雅子詩集
㉒ 谷　敬詩集
㉓ 福井久子詩集
㉔ 森ちふく詩集
㉕ しま・ようこ詩集
㉖ 腰原哲朗詩集
㉗ 金光洋一郎詩集
㉘ 松田幸雄詩集
㉙ 谷口謙詩集
㉚ 和田文雄詩集
㉛ 新編高田敏子詩集
㉜ 皆木信昭詩集
㉝ 千葉龍詩集
㉞ 新編佐久間隆史詩集
㉟ 長津功三良詩集
㊱ 鈴木亨詩集
㊲ 埋田昇二詩集
㊳ 川村慶子詩集
㊴ 新編大井康暢詩集
㊵ 米田栄作詩集
㊶ 池田瑛子詩集
㊷ 遠藤恒吉詩集
㊸ 五喜田正巳詩集
㊹ 森常治詩集
㊺ 和田英子詩集
㊻ 伊勢田史郎詩集
㊼ 鈴木満詩集
㊽ 曽根ヨシ詩集
㊾ 成田敦詩集
㊿ ワシオ・トシヒコ詩集
51 高田太郎詩集
52 大塚欽一詩集
53 香川紘子詩集
54 井元霧彦詩集
55 高橋次夫詩集
56 上手宰詩集
57 網谷厚子詩集
58 門田照子詩集
59 水野ひかる詩集
60 丸本明子詩集
61 村永美和子詩集
62 藤坂信子詩集
63 門林岩雄詩集
64 新編原民喜詩集
65 新編濱口國雄詩集
66 日塔聰詩集
67 武田弘子詩集
68 大石規子詩集
69 吉川仁詩集
70 尾世川正明詩集
71 岡隆夫詩集
72 野仲美弥子詩集
73 葛西洌詩集
74 只松千恵子詩集
75 鈴木哲雄詩集
76 桜井さざえ詩集
77 森野満之詩集
78 坂本つや子詩集
79 川原よしひさ詩集
80 前田新詩集
81 石黒忠詩集
82 壺阪輝代詩集
83 若山紀子詩集
84 香山雅代詩集
85 古田豊治詩集
86 福原恒雄詩集
87 黛元男詩集
88 山下静男詩集
89 赤松徳治詩集
90 梶原禮之詩集
91 前川幸雄詩集
92 なべくらますみ詩集
93 津金充詩集
94 中村泰三詩集
95 和田攻詩集
96 藤井雅人詩集
97 馬場晴世詩集
98 鈴木孝詩集
99 久宗睦子詩集
100 水野るり子詩集
101 岡三沙子詩集
102 星野元一詩集
103 清水茂詩集
104 山本美代子詩集
105 武西良和詩集
106 竹川弘太郎詩集
107 酒井力詩集
108 一色真理詩集
109 郷原宏詩集
110 永井ますみ詩集
111 阿部堅磐詩集
112 新編石原武詩集
113 長島三芳詩集
114 柏木恵美子詩集
115 近江正人詩集
116 名古きよえ詩集
117 新編石川逸子詩集
118 佐藤真里子詩集
119 河井洋詩集
120 戸井みちお詩集
121 金堀則夫詩集
122 三好豊一郎詩集
123 古屋久昭詩集
124 佐藤正子詩集
125 川端進詩集
126 桜井滋人詩集
127 葵生川玲詩集
128 今泉協子詩集
129 柳内やすこ詩集
130 新編甲田四郎詩集
131 大貫喜也詩集
132 今井文世詩集
133 中山直子詩集
134 林嗣夫詩集
135 柳生じゅん子詩集
136 原圭治詩集
137 森田進詩集
138 水崎野里子詩集
139 比留間美代子詩集
140 内藤喜美子詩集

◆定価（本体1400円+税）